The Final Problem
and other adventures of Sherlock Holmes

Le dernier problème
et autres aventures de Sherlock Holmes

Traduit de l'anglais, préfacé et annoté
par Alain Jumeau

TRADUCTION INÉDITE

Gallimard

COLLECTION
FOLIO BILINGUE

PRÉFACE

Sherlock Holmes est de retour !

C'est d'abord vrai pour la collection Folio Bilingue, qui a déjà publié, voilà quelques années, L'Homme à la lèvre tordue et autres aventures de Sherlock Holmes, *puis* Étoile d'argent et autres aventures de Sherlock Holmes. *Mais c'est vrai également si l'on replace les trois nouvelles ici proposées dans leur contexte d'origine et la vie de leur auteur, Arthur Conan Doyle (1859-1930).*

Celui-ci s'est initialement tourné vers la médecine et, après de longues études et son installation professionnelle, n'a abordé la littérature que comme un passe-temps. Le succès de son célèbre détective a commencé à la fin des années 1880 avec Une étude en rouge *(1887) et* Le Signe des quatre *(1889). Il s'est poursuivi avec cinquante-six nouvelles, reprises en cinq recueils, dont le dernier a été publié en 1927. Cependant, il ne faudrait pas croire que Doyle a exploité habilement et tranquillement son filon pendant les quarante années de sa maturité (1887-1927). Dans sa longue carrière d'au-*

teur des aventures de Sherlock Holmes, il y a eu en fait une longue coupure qui a duré pratiquement dix ans (1893-1903) et que les spécialistes appellent « le grand hiatus ». Les trois nouvelles ici rassemblées s'organisent autour de cette coupure.

La première, « Les cinq pépins d'orange », appartient à la première période, avant le « hiatus ». C'est la cinquième des douze du premier recueil, Les Aventures de Sherlock Holmes. *Elle a d'abord été publiée dans le magazine fétiche de Doyle, le* Strand Magazine, *à Londres en novembre 1891, puis à New York, pour l'édition américaine, en décembre 1891. Elle s'insère donc dans une suite d'*aventures, *un terme englobant à la fois des affaires criminelles, mais aussi les aventures bien réelles que connaît le détective chargé de les résoudre.*

La deuxième, « Le dernier problème », est plus tardive et se présente comme la douzième et dernière du recueil suivant, Les Mémoires de Sherlock Holmes. *Elle a également été publiée pour la première fois dans le* Strand Magazine, *mais en décembre 1893 à Londres, à Noël 1893 à New York, et dans différents journaux américains à la fin novembre et au début décembre 1893. Comme elle annonçait la disparition de Sherlock Holmes, elle a eu des effets assez étonnants. Pour ne parler que de l'Angleterre, la nouvelle a littéralement consterné le pays ! Beaucoup de lecteurs se sont mis à porter un brassard de deuil, comme s'ils venaient de perdre un proche ou un être cher, et le magazine a perdu vingt mille abonnements : en effet, beaucoup de*

lecteurs lui restaient fidèles uniquement parce qu'ils étaient assurés d'y trouver les aventures du célèbre détective. Pendant huit ans, Doyle a vécu sans son personnage, jusqu'à la publication en 1901 du Chien des Baskerville, *où celui-ci joue un grand rôle ; mais la datation incertaine de cette aventure invite plutôt à la situer avant sa disparition.*

Il a fallu attendre deux ans de plus pour que l'aventure de « La maison vide », la troisième nouvelle de notre sélection, qui ouvre le recueil intitulé Le Retour de Sherlock Holmes, *révèle enfin (dans le* Collier's Weekly *en septembre 1903, puis dans le* Strand Magazine *en octobre 1903) que le célèbre personnage n'était pas mort, et propose une nouvelle aventure où éclate son talent.*

Pourquoi Doyle a-t-il donc été amené à « tuer » son personnage, pour le ressusciter dix ans plus tard ? Dans un premier temps parce qu'il se sentait esclave de son succès, et par la suite parce qu'il avait compris qu'il devait l'assumer. Après un quatrième recueil en 1917, intitulé Sherlock Holmes tire sa révérence, *qui révèle en fait l'impossibilité, pour lui, de faire ses adieux au public, comme cela arrive de nos jours à certaines vedettes du show-biz qui multiplient leurs tournées d'adieux, Doyle en publiera un dernier en 1927, intitulé* Les Archives de Sherlock Holmes. *Là, dans la préface revenant sur la place du personnage dans sa carrière, il avouera qu'il avait décidé de le supprimer en 1893 pour ne pas se laisser enfermer dans un genre étroit, alors qu'il s'intéressait aussi au roman historique, à la poésie, au théâtre*

et aux recherches en psychologie (en clair, l'occultisme), mais que, cédant à la demande flatteuse du public, il était revenu sur sa décision en 1903.

Ce tour de passe-passe de la disparition et du retour du détective n'est possible que si l'on accepte le contrat de lecture proposé par Doyle, qui charge le docteur Watson de la narration. L'originalité et l'intérêt de ces aventures viennent en partie de ce qu'elles sont racontées non pas par un narrateur omniscient, capable de tout voir, de tout dire et de présenter les faits sous un éclairage total, sans laisser de place aux zones d'ombre, aux incertitudes, aux erreurs d'interprétation, mais par un narrateur impliqué, qui voit les choses de son point de vue, avec sa subjectivité et ses limites, donc avec des risques d'approximation et d'erreur.

Watson qui, dans « Les cinq pépins d'orange », raconte une affaire certes singulière et exotique, mais tout à fait dans la continuité des aventures antérieures de Sherlock Holmes, passe à un tout autre registre avec « Le dernier problème ». Un combat quasi titanesque a lieu entre le détective et son pire ennemi, le professeur Moriarty, et se solde par la disparition des deux antagonistes dans les chutes d'eau de Reichenbach.

Une bonne enquête policière s'attarde toujours sur l'examen des cadavres, qui apporte son lot de révélations sur le déroulement des événements et les circonstances de la mort. Ici, cet examen s'avère impossible, car Watson pense que les deux corps enchevêtrés, dans un combat physique d'une rare violence sur le bord d'un gouffre,

sont tombés à une profondeur inaccessible à tout jamais. Il reconstitue intellectuellement la scène à laquelle il n'a pas assisté à partir des indices qu'il a relevés : les signes de la présence de Moriarty sur les lieux, l'alpenstock[1] *de Holmes abandonné à l'endroit où les deux amis se sont séparés, les deux lignes de pas se dirigeant dans un seul sens vers le gouffre, le sol piétiné près de celui-ci... Fidèle aux leçons d'interprétation que lui a données Holmes, il en conclut que son ami est mort, ainsi que Moriarty qui l'a entraîné vers l'abîme. En fait, il se trompe, comme il le comprendra seulement beaucoup plus tard, en voyant Holmes se présenter devant lui en chair et en os. La seule certitude, c'est que Holmes a* disparu. *La disparition, cet euphémisme qui s'emploie couramment pour dire moins brutalement que quelqu'un est mort, s'avère être le mot juste, en l'occurrence. Seulement Watson confond le sens réel, énigmatique, et le sens métaphorique, tragique.*

La preuve que Watson a commis une erreur nous est donnée dans « La maison vide », où le bon docteur découvre ce qui s'est vraiment passé, quelques années plus tôt. Mais reconnaissons-le : loin de lui en vouloir, nous sommes bien contents qu'il se soit trompé sur ce point, car le héros peut revenir et ses aventures se prolonger. L'erreur de Watson a finalement quelque chose de quasi providentiel et s'apparente à une felix culpa, *une faute aux conséquences heureuses. Nous n'en concluons nullement*

1. L'alpenstock est une canne à bout ferré dont se servent les promeneurs pour les excursions en montagne.

que nous ne pouvons décidément pas lui faire confiance. Car, à sa place, nous aurions été abusés par les apparences, comme lui.

Watson est donc un personnage bien utile, malgré ses limites et ses erreurs. Il est même tout à fait indispensable, car il joue un rôle de médiateur entre l'auteur, le personnage du détective et le lecteur. Il est proche de l'auteur, puisqu'il est médecin, comme lui, et qu'il s'intéresse, comme lui, aux enquêtes criminelles. Il est proche du détective, dont il est l'ami, puisque, avant de se marier et d'ouvrir son cabinet, il l'a accompagné dans ses enquêtes et a même partagé son appartement, où il revient volontiers, lorsque sa femme est absente (ce qui lui arrive souvent). Il a, lui aussi, une réelle intelligence, même si, par rapport à celle de Sherlock Holmes, la sienne paraît moins vive, plus proche de celle du lecteur, bref, plus normale. Il a été formé à ses méthodes d'investigation et de raisonnement à partir des faits, même s'il va beaucoup moins loin que lui dans cette voie. Après la mort de son ami, il se rappelle avec émotion ses qualités exceptionnelles, auxquelles il rend un bel et vibrant hommage, comme les aimaient les Britanniques de l'époque victorienne. À la fin du « Dernier problème » il le salue comme « le meilleur et le plus sage de tous les hommes que j'aie jamais connus ».

Mais, finalement, Watson est tout aussi proche du lecteur, dont il partage les limites, les incertitudes, les désirs d'éclaircissement, tout autant que l'admiration pour le héros. Watson est comme nous et, pour cette rai-

son, nous sommes tentés de lui faire confiance, ou, à tout le moins, de lui accorder le bénéfice du doute.

Nous avons vu que les trois nouvelles ici proposées appartiennent à trois recueils différents, et donc à des époques différentes. Malgré cela, elles présentent une certaine unité ou, en tout cas, une certaine cohérence. Dans toutes les trois, le talent de Sherlock Holmes est mis à rude épreuve. Le détective est même humilié, abaissé ; mais dans son abaissement pointe sa grandeur. Son parcours ressemble ici étrangement au tracé d'une figure géométrique, la parabole, dont la courbe descend de l'infini pour atteindre le niveau zéro, avant de s'inverser et de se redresser, pour tendre de nouveau vers l'infini, dans un mouvement symétrique.

Dans « Les cinq pépins d'orange », le jeune Openshaw, qui a perdu son oncle puis son père dans des conditions mystérieuses et inquiétantes, se sent victime d'une menace qu'il ne parvient pas à identifier clairement. Il a recours à Holmes, dont il attend conseils et protection. Un de ses amis, le major Prendergast, dont la réputation gravement compromise a été sauvée par le détective, lui a assuré que celui-ci était capable de résoudre n'importe quel problème, sans jamais être mis en échec. Mais Holmes le détrompe bien vite en lui faisant remarquer que cela est arrivé quatre fois, trois fois à cause d'un homme et une fois à cause d'une femme. La suite de l'affaire montre un nouvel échec du détective, qui ne parvient pas à protéger le jeune homme. Holmes s'en veut de ne pas avoir pu éviter le pire, à la fois par sym-

pathie pour la victime et parce que son orgueil personnel est blessé. Le jeune Openshaw est venu lui demander de l'aide, et lui l'a envoyé à la mort. Holmes mène ensuite son enquête pour trouver les coupables. Mais alors qu'il est persuadé que ceux-ci seront arrêtés à leur arrivée aux États-Unis et que le jeune homme sera ainsi vengé par la mise en branle de la machine judiciaire, il apprend que le bateau transportant les coupables a sombré dans la tempête, ce qui n'est pas la juste rétribution qu'il escomptait et laisse planer un mystère définitif sur la nature des faits, qu'aucun procès n'éclaircira jamais.

Dans la deuxième nouvelle, l'échec se poursuit à cause du tour que prend l'affrontement avec Moriarty. Dans une perspective manichéenne, le professeur est l'incarnation du mal absolu, le criminel par excellence, le « Napoléon du crime », et Holmes représente les forces du bien luttant contre le crime et ses ramifications. La lutte entre les deux hommes, qui dresse deux intelligences exceptionnelles l'une contre l'autre, se termine de façon incertaine. Apparemment, Holmes débarrasse l'humanité d'un grand danger en envoyant le professeur au fond du gouffre des chutes de Reichenbach, mais il ne parvient à neutraliser Moriarty qu'en payant le prix fort : en disparaissant lui aussi. En termes sportifs, on appellerait cela un match nul. Pas de quoi pavoiser !

Dans notre troisième nouvelle, séparée de la deuxième par un « hiatus » de dix ans mais s'inscrivant dans sa suite logique, le lecteur découvre que l'échec de Sherlock Holmes n'est qu'apparent, puisqu'il s'en est tiré miraculeusement, mais partiellement avéré, puisque, malgré

la disparition de Moriarty, le célèbre détective doit continuer à se protéger de ses acolytes, et notamment du colonel Moran, qui a déjà essayé de le tuer en précipitant sur lui de gros rochers, sur la corniche de Reichenbach. Le prestigieux Holmes en est réduit à se cacher loin de Londres. Il se sent toujours menacé. Son salut est dans la fuite permanente. Pas brillant !

Mais cette humiliation n'est qu'une étape et son abaissement prépare, en fait, son triomphe. Pour paraphraser le titre d'une célèbre pièce de théâtre d'Oliver Goldsmith, un dramaturge anglais du XVIII*e* *siècle, il s'abaisse pour triompher. La nouvelle qui consacre son retour rend hommage à ses mérites réels : il a rendu l'air de Londres plus respirable en débarrassant la ville de Moriarty, son criminel le plus dangereux. Puis, faisant d'une pierre deux coups, il a neutralisé Moran, son complice, et résolu la mystérieuse affaire de Park Lane.*

Il doit ses succès à son remarquable sens de l'observation et à ses facultés exceptionnelles de déduction. Il est le « logicien idéal » qu'il décrit dans la première nouvelle, l'égal d'un grand savant. En effet, comme Cuvier reconstituant un animal entier à partir d'un seul os, il est capable, à partir d'un fait simple, envisagé sous ses différents angles, de déduire la chaîne des événements menant jusqu'à lui et tous les effets qu'il est susceptible d'avoir.

Il doit également ses succès à ses qualités physiques hors du commun. Ce n'est pas seulement un homme de réflexion, mais un homme d'action, quand il le faut. On le voit sauver sa peau grâce à sa pratique de l'alpi-

nisme, mais aussi à sa connaissance du baritsu, *une technique de lutte japonaise. En cas de danger, il est capable de lutter physiquement, comme on le voit avec Moriarty, puis avec Moran.*

Enfin, il doit ses succès à ses talents dans le domaine du déguisement et du camouflage, qui le hissent quasiment au niveau de l'artiste. Sa métamorphose en vieux prêtre italien ou en bouquiniste miteux montre qu'il parvient non seulement à prendre l'apparence de l'autre, mais qu'il sait composer son visage et sa voix comme un acteur consommé. Son chef-d'œuvre artistique est ce mannequin-leurre à son effigie, dont la silhouette se détache sur le store de son appartement et qui s'anime de temps en temps !

Avec de tels talents, Sherlock Holmes ne peut perdre définitivement son prestige de grand détective. En organisant son retour spectaculaire et magistral, Doyle utilise habilement l'abaissement provisoire de son héros pour nous rappeler qu'il garde son humanité et sa faillibilité, ce qui le rend plus proche de nous et plus attachant encore.

ALAIN JUMEAU

The Final Problem
and other adventures of Sherlock Holmes

Le dernier problème
et autres aventures de Sherlock Holmes

The Five Orange Pips

Les cinq pépins d'orange

When I glance over my notes and records of the Sherlock Holmes cases between the years '82 and '90, I am faced by so many which present strange and interesting features that it is no easy matter to know which to choose and which to leave. Some, however, have already gained publicity through the papers, and others have not offered a field for those peculiar qualities which my friend possessed in so high a degree, and which it is the object of these papers to illustrate. Some, too, have baffled his analytical skill, and would be, as narratives, beginnings without an ending, while others have been but partially cleared up, and have their explanations founded rather upon conjecture and surmise than on that absolute logical proof which was so dear to him. There is, however,

Lorsque je parcours mes notes et mes archives sur les affaires soumises à Sherlock Holmes entre 1882 et 1890, j'en trouve tant qui présentent des aspects étranges et intéressants qu'il n'est guère facile de savoir lesquelles choisir ou laisser de côté. Mais certaines sont déjà connues du public grâce aux journaux, et d'autres n'ont pas permis à mon ami de manifester les qualités singulières qu'il possédait à un niveau tellement exceptionnel et que ce livre a pour objet de mettre en lumière. D'autres encore ont déjoué ses talents d'analyse, de telle sorte que leur récit ressemblerait à des histoires dont on aurait le début mais pas la fin. D'autres enfin n'ont été élucidées qu'en partie et leurs explications se fondent plus sur des conjectures et des suppositions que sur ces preuves logiques définitives qu'il appréciait tant. Parmi ces dernières, cependant,

one of these last which was so remarkable in its details and so startling in its results that I am tempted to give some account of it in spite of the fact that there are points in connection with it which never have been, and probably never will be, entirely cleared up.

The year '87 furnished us with a long series of cases of greater or less interest, of which I retain the records. Among my headings under this one twelve months I find an account of the adventure of the Paradol Chamber, of the Amateur Mendicant Society, who held a luxurious club in the lower vault of a furniture warehouse, of the facts connected with the loss of the British bark *Sophy Anderson*, of the singular adventures of the Grice Patersons in the island of Uffa, and finally of the Camberwell poisoning case. In the latter, as may be remembered, Sherlock Holmes was able, by winding up the dead man's watch, to prove that it had been wound up two hours before, and that therefore the deceased had gone to bed within that time–a deduction which was of the greatest importance in clearing up the case.

il y en a une qui était si remarquable dans ses détails et si inattendue dans ses résultats que je suis tenté d'en parler, même si certains points n'ont jamais été entièrement éclaircis et ne le seront probablement jamais.

L'année 1887 nous a fourni une longue série d'affaires plus ou moins intéressantes, sur lesquelles j'ai gardé des notes. Parmi les titres de cette année-là, je trouve ces histoires : l'aventure de l'appartement Paradol[1] ; la Société des mendiants amateurs, qui possédait un club luxueux dans la cave d'un entrepôt de meubles ; les événements en rapport avec la perte du trois-mâts anglais *Sophy Anderson* ; les aventures singulières de Grice Patersons dans l'île d'Uffa[2] ; et, pour finir, l'affaire des poisons de Camberwell[3]. C'est dans cette dernière, on s'en souvient peut-être, que Sherlock Homes fut capable de prouver, en remontant la montre du mort, qu'elle avait été remontée deux heures auparavant et que, par conséquent, cet homme était allé se coucher à ce moment-là – une déduction de la plus haute importance pour résoudre l'enquête.

1. Cette allusion reste mystérieuse, même si un commentateur de Doyle (Klas Lithner) a avancé l'hypothèse qu'il s'agirait du lieu habité par Lucien Anatole Prévost-Paradol (1829-1870), journaliste français, l'un des représentants de l'opposition libérale au Second Empire.

2. Île écossaise purement fictive.

3. Quartier du sud de Londres, dans le district de Southwark.

All these I may sketch out at some future date, but none of them present such singular features as the strange train of circumstances which I have now taken up my pen to describe.

It was in the latter days of September, and the equinoctial gales had set in with exceptional violence. All day the wind had screamed and the rain had beaten against the windows, so that even here in the heart of great, hand-made London we were forced to raise our minds for the instant from the routine of life, and to recognize the presence of those great elemental forces which shriek at mankind through the bars of his civilization, like untamed beasts in a cage. As evening drew in, the storm grew higher and louder, and the wind cried and sobbed like a child in the chimney. Sherlock Holmes sat moodily at one side of the fireplace cross-indexing his records of crime, while I at the other was deep in one of Clark Russell's fine sea-stories until the howl of the gale from without seemed to blend with the text, and the splash of the rain to lengthen out into the long swash of the sea waves.

Il se peut que j'aborde tous ces récits, un jour, mais aucun d'eux ne présente les mêmes caractéristiques singulières que l'étrange suite d'événements que j'ai entrepris de relater maintenant.

Nous étions dans les derniers jours de septembre et les tempêtes d'équinoxe commençaient à se manifester avec une violence exceptionnelle. Toute la journée, le vent avait hurlé et la pluie avait battu contre les fenêtres, si bien que, même ici, au cœur de cette grande ville de Londres, construite par la main de l'homme, nous étions obligés, l'espace d'un instant, d'élever notre esprit au-dessus de la routine de la vie et de reconnaître la présence de ces grandes forces élémentaires qui lancent leurs cris en direction de l'homme à travers les barreaux de sa civilisation, comme des bêtes sauvages dans une cage. À mesure que s'approchait le soir, la tempête devint plus forte et plus sonore ; le vent hurla et sanglota dans la cheminée comme un enfant en pénitence. Sherlock Holmes, morose, était assis d'un côté de l'âtre, répertoriant ses notes sur les affaires criminelles, tandis que moi, de l'autre côté, j'étais plongé dans l'un des beaux romans maritimes de Clark Russell[1], tant et si bien que le hurlement de la tempête à l'extérieur semblait se fondre avec le texte et que le bruit saccadé de la pluie semblait se prolonger dans le clapot des vagues.

1. William Clark Russell (1844-1911), romancier américain à qui l'on doit un grand nombre de récits maritimes.

My wife was on a visit to her mother's, and for a few days I was a dweller once more in my old quarters at Baker Street.

"Why," said I, glancing up at my companion, "that was surely the bell. Who could come tonight? Some friend of yours, perhaps?"

"Except yourself I have none," he answered. "I do not encourage visitors."

"A client, then?"

"If so, it is a serious case. Nothing less would bring a man out on such a day and at such an hour. But I take it that it is more likely to be some crony of the landlady's."

Sherlock Holmes was wrong in his conjecture, however, for there came a step in the passage and a tapping at the door. He stretched out his long arm to turn the lamp away from himself and towards the vacant chair upon which a newcomer must sit. "Come in!" said he.

The man who entered was young, some two-and-twenty at the outside, well-groomed and trimly clad, with something of refinement and delicacy in his bearing.

Ma femme était partie rendre visite à sa mère et, pendant quelques jours, j'avais retrouvé mes anciens quartiers de Baker Street[1].

« Tiens ! dis-je, en levant les yeux vers mon compagnon, j'ai clairement entendu la sonnette. Qui peut bien venir ce soir ? Un de vos amis, peut-être ?

— En dehors de vous, je n'en ai pas, répondit-il. Et je n'encourage pas les visiteurs.

— Un client, alors ?

— Si c'en est un, son affaire est grave. Autrement, rien ne ferait sortir un homme de chez lui par une journée pareille et à une heure pareille. Mais, selon moi, il s'agit, plus vraisemblablement, d'une copine de la logeuse. »

Mais l'hypothèse de Sherlock Holmes était erronée, car on entendit des pas dans le couloir et l'on frappa à la porte. Il tendit son long bras pour détourner de lui la lampe et l'orienter vers la chaise vide sur laquelle devait s'asseoir le nouveau venu. « Entrez ! » dit-il.

L'homme qui se manifesta était jeune : selon les apparences, il avait à peu près vingt-deux ans, il était soigné de sa personne, habillé avec goût, avec une pointe de raffinement et de recherche dans son allure.

1. Avant son mariage, le docteur Watson partageait l'appartement londonien de Sherlock Holmes, au 221B Baker Street, près de Regent's Park.

The streaming umbrella which he held in his hand, and his long shining waterproof told of the fierce weather through which he had come. He looked about him anxiously in the glare of the lamp, and I could see that his face was pale and his eyes heavy, like those of a man who is weighed down with some great anxiety.

"I owe you an apology," he said, raising his golden pince-nez to his eyes. "I trust that I am not intruding. I fear that I have brought some traces of the storm and rain into your snug chamber."

"Give me your coat and umbrella," said Holmes. "They may rest here on the hook and will be dry presently. You have come up from the south-west, I see."

"Yes, from Horsham."

"That clay and chalk mixture which I see upon your toe caps is quite distinctive."

"I have come for advice."

"That is easily got."

"And help."

"That is not always so easy."

"I have heard of you, Mr. Holmes. I heard from Major Prendergast how you saved him in the Tankerville Club scandal."

Le parapluie ruisselant qu'il tenait à la main et son long imperméable tout luisant indiquaient la violence du mauvais temps qu'il avait traversé pour venir. Sous l'éclairage de la lampe, il regarda autour de lui avec inquiétude, et je vis qu'il avait le visage blême et les yeux lourds, comme ceux d'un homme accablé par une grande angoisse.

« Je vous dois des excuses, dit-il, en portant son pince-nez en or à ses yeux. J'espère que je ne suis pas importun. Je crains d'avoir apporté quelques traces de la tempête et de la pluie dans votre appartement confortable.

— Donnez-moi votre manteau et votre parapluie, dit Holmes. Ils peuvent rester ici sur le portemanteau et ils seront bientôt secs. Vous venez du Sud-Ouest, je le vois.

— Oui, de Horsham[1].

— Ce mélange de glaise et de craie que je vois sur le dessus de vos chaussures est tout à fait reconnaissable.

— Je suis venu pour avoir des conseils.

— C'est facile à obtenir.

— Et aussi de l'aide.

— Ce n'est pas toujours aussi facile.

— J'ai entendu parler de vous, Mr. Holmes. Le major Prendergast m'a appris comment vous l'aviez sauvé dans le scandale du club de Tankerville.

1. Petite localité dans la partie ouest du Sussex, non loin de Brighton.

"Ah, of course. He was wrongfully accused of cheating at cards."

"He said that you could solve anything."

"He said too much."

"That you are never beaten."

"I have been beaten four times–three times by men, and once by a woman."

"But what is that compared with the number of your successes?"

"It is true that I have been generally successful."

"Then you may be so with me."

"I beg that you will draw your chair up to the fire and favour me with some details as to your case."

"It is no ordinary one."

"None of those which come to me are. I am the last court of appeal."

"And yet I question, sir, whether, in all your experience, you have ever listened to a more mysterious and inexplicable chain of events than those which have happened in my own family."

"You fill me with interest," said Holmes.

— Ah oui, bien sûr. Il avait été accusé à tort de tricher aux cartes.

— Il m'a dit que vous pouviez résoudre n'importe quel problème.

— C'était une exagération.

— Que vous n'êtes jamais mis en échec.

— Cela m'est arrivé quatre fois : trois fois par des hommes et une fois par une femme[1].

— Mais cela n'est rien à côté du nombre de vos réussites.

— C'est vrai : en général, je réussis.

— Alors, cela peut vous arriver avec moi, peut-être.

— Je vous prie de bien vouloir approcher votre chaise du feu et de me faire connaître quelques détails de votre affaire.

— Elle n'a rien de banal.

— Celles que l'on me présente ne le sont jamais. Je suis l'instance de dernier recours.

— Et pourtant, monsieur, je me demande si, dans toute votre expérience, vous avez entendu parler d'une suite d'événements plus mystérieux et inexplicables que ceux qui ont eu lieu dans ma famille.

— Vous suscitez en moi un grand intérêt, dit Holmes.

1. Pour ce cas unique, on pense, bien sûr, à Irène Adler dans « Un scandale en Bohême » (in *L'Homme à la lèvre tordue et autres aventures de Sherlock Holmes*, Folio Bilingue n° 58).

"Pray give us the essential facts from the commencement, and I can afterwards question you as to those details which seem to me to be most important."

The young man pulled his chair up and pushed his wet feet out towards the blaze.

"My name," said he, "is John Openshaw, but my own affairs have, as far as I can understand, little to do with this awful business. It is a hereditary matter; so in order to give you an idea of the facts, I must go back to the commencement of the affair.

"You must know that my grandfather had two sons–my uncle Elias and my father Joseph. My father had a small factory at Coventry, which he enlarged at the time of the invention of bicycling. He was a patentee of the Openshaw unbreakable tire, and his business met with such success that he was able to sell it and to retire upon a handsome competence.

"My uncle Elias emigrated to America when he was a young man and became a planter in Florida, where he was reported to have done very well. At the time of the war he fought in Jackson's army, and afterwards under Hood,

Je vous en prie, racontez-moi les faits essentiels depuis le commencement, et ensuite je pourrai vous poser des questions sur les détails qui me semblent avoir le plus d'importance. »

Le jeune homme approcha sa chaise de la cheminée et avança ses pieds mouillés vers le feu.

« Je m'appelle John Openshaw, dit-il, mais ma vie personnelle n'a pas grand-chose à voir, si je comprends bien, avec cette terrible affaire. C'est une question d'héritage, et donc, pour vous donner une idée des faits, je dois revenir aux débuts de l'affaire.

« Il faut que vous sachiez que mon grand-père avait deux fils : mon oncle Elias et mon père Joseph. Mon père possédait une petite usine à Coventry, qu'il développa à l'époque de l'invention de la bicyclette. Il avait déposé un brevet pour le pneu increvable Openshaw et son affaire marchait si bien qu'il fut en mesure de la vendre et de prendre sa retraite avec de quoi vivre très à l'aise.

« Mon oncle Elias avait émigré aux États-Unis lorsqu'il était jeune et il était devenu planteur en Floride ; et l'on disait qu'il avait fort bien réussi. Pendant la guerre de Sécession[1], il combattit dans l'armée de Jackson, puis sous les ordres de Hood,

1. Ce conflit intérieur aux États-Unis (1861-1865), que les Américains qualifient de « guerre civile », opposa les États du Nord, favorables à l'abolition de l'esclavage, à une confédération d'États du Sud, favorables à son maintien. L'oncle Elias, installé en Floride, a combattu dans l'armée des confédérés (les sudistes).

where he rose to be a colonel. When Lee laid down his arms my uncle returned to his plantation, where he remained for three or four years. About 1869 or 1870 he came back to Europe and took a small estate in Sussex, near Horsham. He had made a very considerable fortune in the States, and his reason for leaving them was his aversion to the negroes, and his dislike of the Republican policy in extending the franchise to them. He was a singular man, fierce and quick-tempered, very foul-mouthed when he was angry, and of a most retiring disposition. During all the years that he lived at Horsham, I doubt if ever he set foot in the town. He had a garden and two or three fields round his house, and there he would take his exercise, though very often for weeks on end he would never leave his room. He drank a great deal of brandy and smoked very heavily, but he would see no society and did not want any friends, not even his own brother.

"He didn't mind me; in fact, he took a fancy to me, for at the time when he saw me first I was a youngster of twelve or so. This would be in the year 1878, after he had been eight or nine years in England. He begged my father to let me live with him, and he was very kind to me in his way.

où il s'éleva au grade de colonel. Lorsque Lee rendit les armes, mon oncle retourna à sa plantation, où il resta trois ou quatre ans. Vers 1869 ou 1870, il revint en Europe et fit l'acquisition d'un petit domaine dans le Sussex, près de Horsham. Il avait amassé une fortune considérable aux États-Unis et n'avait quitté ce pays qu'en raison de son aversion pour les Noirs et de son refus de la politique des Républicains qui voulaient leur accorder le droit de vote. C'était un homme singulier, brutal, s'emportant facilement, très grossier lorsqu'il était en colère, et d'un naturel très farouche. Pendant toutes les années qu'il a vécues à Horsham, je me demande s'il lui est arrivé de mettre les pieds en ville. Il avait un jardin et deux ou trois champs autour de sa maison et c'est là qu'il prenait de l'exercice ; mais très souvent, pendant plusieurs semaines consécutives, il ne quittait pas sa chambre. Il buvait de fortes quantités de cognac et fumait beaucoup, mais il ne voulait voir personne et n'avait pas besoin d'amis, de proches, pas même de son frère.

« Il n'avait rien contre moi ; en fait, il m'avait pris en affection, car, lorsqu'il m'a vu pour la première fois, j'étais un gamin d'une douzaine d'années. Ce devait être en 1878, vraisemblablement, et il était en Angleterre depuis huit ou neuf ans. Il a demandé à mon père de me laisser vivre avec lui et s'est montré très gentil à mon endroit, à sa façon.

When he was sober he used to be fond of playing backgammon and draughts with me, and he would make me his representative both with the servants and with the tradespeople, so that by the time that I was sixteen I was quite master of the house. I kept all the keys and could go where I liked and do what I liked, so long as I did not disturb him in his privacy. There was one singular exception, however, for he had a single room, a lumber-room up among the attics, which was invariably locked, and which he would never permit either me or anyone else to enter. With a boy's curiosity I have peeped through the keyhole, but I was never able to see more than such a collection of old trunks and bundles as would be expected in such a room.

"One day–it was in March, 1883–a letter with a foreign stamp lay upon the table in front of the colonel's plate. It was not a common thing for him to receive letters, for his bills were all paid in ready money, and he had no friends of any sort. 'From India!' said he as he took it up, 'Pondicherry postmark! What can this be?' Opening it hurriedly, out there jumped five little dried orange pips, which pattered down upon his plate. I began to laugh at this, but the laugh was struck from my lips at the sight of his face. His lip had fallen, his eyes were protruding, his skin the colour of putty, and he glared at the envelope which he still held in his trembling hand.

Quand il n'avait pas bu, il aimait bien jouer avec moi au backgammon et aux dames, et il faisait de moi son représentant auprès des domestiques comme des commerçants, si bien qu'à l'âge de seize ans j'étais devenu vraiment le maître de la maison. Je détenais toutes les clefs et je pouvais aller où je voulais et faire ce que je voulais, tant que je ne le dérangeais pas dans son intimité. Il y avait cependant une exception étonnante : une pièce unique, un cabinet de débarras dans le grenier, qui était fermé à clef en permanence et où il ne permettait jamais d'entrer, ni à moi ni à personne d'autre. Avec la curiosité d'un gamin, j'avais lorgné par le trou de la serrure, mais je n'avais jamais rien pu voir d'autre qu'une collection de vieilles malles et de paquets, comme on pouvait s'attendre à en trouver dans une pièce pareille.

« Un jour, c'était en mars 1883, une lettre portant un timbre étranger fut placée sur la table devant l'assiette du colonel. Ce n'était pas habituel pour lui de recevoir des lettres, car il payait toujours ses factures en argent liquide et il n'avait d'amis d'aucune sorte. “Une lettre des Indes ! dit-il en la prenant. Avec le cachet de Pondichéry ! De quoi peut-il s'agir ?” Il l'ouvrit en toute hâte et il en sortit tout à coup cinq petits pépins d'orange desséchés qui crépitèrent sur son assiette. Je me mis à rire, mais mon rire se glaça sur mes lèvres, lorsque je vis son visage. Il avait la bouche ouverte, les yeux exorbités, le teint couleur mastic, et son regard était rivé sur l'enveloppe, qu'il tenait encore dans sa main tremblante.

'K. K. K.!' he shrieked, and then, 'My God, my God, my sins have overtaken me!'

" 'What is it, uncle?' I cried.

" 'Death,' said he, and rising from the table he retired to his room, leaving me palpitating with horror. I took up the envelope and saw scrawled in red ink upon the inner flap, just above the gum, the letter K three times repeated. There was nothing else save the five dried pips. What could be the reason of his overpowering terror? I left the breakfast-table, and as I ascended the stair I met him coming down with an old rusty key, which must have belonged to the attic, in one hand, and a small brass box, like a cashbox, in the other.

" 'They may do what they like, but I'll checkmate them still,' said he with an oath. 'Tell Mary that I shall want a fire in my room to-day, and send down to Fordham, the Horsham lawyer.'

"I did as he ordered, and when the lawyer arrived I was asked to step up to the room. The fire was burning brightly, and in the grate there was a mass of black, fluffy ashes, as of burned paper, while the brass box stood open and empty beside it. As I glanced at the box I noticed, with a start, that upon the lid was printed the treble K which I had read in the morning upon the envelope.

"K.K.K.", cria-t-il, et puis encore : "Mon Dieu ! Mon Dieu ! Mes péchés m'ont rattrapé !

« — De quoi s'agit-il, mon oncle ? criai-je.

« — De mort", dit-il. Puis, se levant de table, il se retira dans sa chambre, en me laissant tout palpitant d'horreur. Je pris l'enveloppe et je vis, griffonnée à l'encre rouge à l'intérieur du rabat, juste au-dessus de la colle, la lettre K qui apparaissait trois fois. Il n'y avait rien d'autre que les cinq pépins desséchés. Quelle pouvait bien être la raison de cette terreur accablante ? Je quittai la table du petit déjeuner et, en montant l'escalier, je le rencontrai qui descendait : il avait dans une main une vieille clef rouillée qui devait être celle du grenier, et dans l'autre une petite boîte de cuivre qui ressemblait à une cassette.

« "Ils peuvent faire ce qu'ils veulent, mais je les mettrai toujours échec et mat, dit-il en lançant un juron. Dis à Mary que j'aurai besoin d'un feu dans ma chambre aujourd'hui, et envoie chercher Fordham, le notaire de Horsham."

« Je fis ce qu'il m'avait demandé et, lorsque le notaire arriva, je fus prié de monter dans sa chambre. Il y avait un bon feu et, dans la grille, une masse de cendres noircies et légères, comme celles du papier brûlé, tandis que la cassette se trouvait ouverte et vide à côté. Je l'ai regardée et j'ai sursauté en découvrant que sur le couvercle apparaissait par trois fois la lettre K que j'avais lue ce matin-là sur l'enveloppe.

" 'I wish you, John,' said my uncle, 'to witness my will. I leave my estate, with all its advantages and all its disadvantages, to my brother, your father, whence it will, no doubt, descend to you. If you can enjoy it in peace, well and good! If you find you cannot, take my advice, my boy, and leave it to your deadliest enemy. I am sorry to give you such a two-edged thing, but I can't say what turn things are going to take. Kindly sign the paper where Mr. Fordham shows you.'

"I signed the paper as directed, and the lawyer took it away with him. The singular incident made, as you may think, the deepest impression upon me, and I pondered over it and turned it every way in my mind without being able to make anything of it. Yet I could not shake off the vague feeling of dread which it left behind, though the sensation grew less keen as the weeks passed, and nothing happened to disturb the usual routine of our lives. I could see a change in my uncle, however. He drank more than ever, and he was less inclined for any sort of society.

« "John, me dit mon oncle, je souhaite que tu me serves de témoin pour mon testament. Je compte léguer mes biens, avec tous leurs avantages et leurs inconvénients, à mon frère, ton père, qui, sans aucun doute, te les transmettra. Si tu peux en profiter paisiblement, tant mieux ! Mais si tu t'aperçois que ça t'est impossible, alors, mon garçon, suis mon conseil : lègue tout ça à ton pire ennemi. Je suis désolé de te faire ce don à double tranchant, mais je ne suis pas en mesure de dire comment les choses vont tourner. S'il te plaît, signe le document à l'endroit que t'indique Mr. Fordham."

« J'ai signé le document comme on me l'indiquait, et le notaire l'a emporté. Comme vous pouvez le supposer, cet incident singulier fit sur moi une forte impression. J'y réfléchis longuement et, dans ma tête, je le tournai dans tous les sens sans être capable d'en tirer quoi que ce fût. Mais j'étais incapable de me délivrer du vague sentiment de terreur qu'il me laissait, même si cela s'atténua à mesure que passaient les semaines sans qu'il arrive rien de nature à troubler la routine habituelle de notre vie. Je notai cependant un changement chez mon oncle. Il buvait plus que jamais et il avait encore moins de goût pour aucune compagnie.

Most of his time he would spend in his room, with the door locked upon the inside, but sometimes he would emerge in a sort of drunken frenzy and would burst out of the house and tear about the garden with a revolver in his hand, screaming out that he was afraid of no man, and that he was not to be cooped up, like a sheep in a pen, by man or devil. When these hot fits were over, however, he would rush tumultuously in at the door and lock and bar it behind him, like a man who can brazen it out no longer against the terror which lies at the roots of his soul. At such times I have seen his face, even on a cold day, glisten with moisture, as though it were new raised from a basin.

"Well, to come to an end of the matter, Mr. Holmes, and not to abuse your patience, there came a night when he made one of those drunken sallies from which he never came back. We found him, when we went to search for him, face downward in a little green-scummed pool, which lay at the foot of the garden. There was no sign of any violence, and the water was but two feet deep, so that the jury, having regard to his known eccentricity, brought in a verdict of 'suicide.' But I, who knew how he winced from the very thought of death, had much ado to persuade myself that he had gone out of his way to meet it.

Il passait la plupart du temps dans sa chambre, dont il verrouillait la porte de l'intérieur. Mais parfois il en sortait, dans une sorte d'agitation due à la boisson, il se précipitait hors de la maison, parcourait le jardin, un pistolet à la main, hurlant qu'il n'avait peur de personne et qu'il n'allait se laisser enfermer comme un mouton dans une bergerie par personne, ni homme ni diable. Mais, après ces crises de délire, il se ruait violemment vers la porte, qu'il fermait et derrière laquelle il se barricadait, comme un homme qui ne peut plus fanfaronner devant la terreur qui s'installe jusqu'aux racines de son âme. Dans ces moments-là, j'ai vu son visage tout luisant de sueur, même par une journée froide, comme s'il venait de le retirer d'une cuvette.

« Eh bien, pour en finir, Mr. Holmes, et pour ne pas abuser de votre patience, il y eut un soir où il se livra à l'une de ces sorties sous l'influence de l'alcool et n'en revint jamais. Quand nous sommes partis à sa recherche, nous l'avons trouvé la tête plongée dans une petite mare recouverte d'une mousse verte, au bas du jardin. Il n'y avait aucun signe de violence et l'eau n'avait pas plus d'une cinquantaine de centimètres de profondeur, si bien que le jury, tenant compte de son excentricité bien connue, rendit un verdict de suicide. Mais moi, qui savais comme il abhorrait la simple idée de la mort, j'avais bien du mal à me persuader qu'il s'était écarté de sa nature pour aller au-devant d'elle.

The matter passed, however, and my father entered into possession of the estate, and of some £14,000, which lay to his credit at the bank."

"One moment," Holmes interposed, "your statement is, I foresee, onc of the most remarkable to which I have ever listened. Let me have the date of the reception by your uncle of the letter, and the date of his supposed suicide."

"The letter arrived on March 10, 1883. His death was seven weeks later, upon the night of May 2d."

"Thank you. Pray proceed."

"When my father took over the Horsham property, he, at my request, made a careful examination of the attic, which had been always locked up. We found the brass box there, although its contents had been destroyed. On the inside of the cover was a paper label, with the initials of K. K. K. repeated upon it, and 'Letters, memoranda, receipts, and a register' written beneath. These, we presume, indicated the nature of the papers which had been destroyed by Colonel Openshaw. For the rest, there was nothing of much importance in the attic save a great many scattered papers and note-books bearing upon my uncle's life in America. Some of them were of the war time and showed that he had done his duty well and had borne the repute of a brave soldier.

L'affaire passa, cependant, et mon père hérita du domaine et de la somme d'environ quatorze mille livres qui était à son crédit à la banque.

— Un instant, intervint Holmes. Votre exposé des faits, je le sens, est l'un des plus remarquables que j'aie jamais entendus. Dites-moi la date du jour où votre oncle a reçu la lettre et la date de son prétendu suicide.

— La lettre est arrivée le 10 mars 1883. Et sa mort s'est produite sept semaines plus tard, dans la nuit du 2 mai.

— Merci. Je vous en prie, poursuivez.

— Lorsque mon père prit possession de la propriété de Horsham, il se livra, à ma demande, à un examen minutieux du grenier qui avait toujours été fermé à clef. Nous y trouvâmes la petite boîte en cuivre, mais son contenu avait été détruit. À l'intérieur du couvercle se trouvait une étiquette en papier où étaient reproduites les initiales K.K.K. et en dessous était écrit : “Lettres, notes, reçus et registre”. Cela, selon nous, indiquait la nature des papiers qui avaient été détruits par le colonel Openshaw. Au demeurant, il n'y avait rien de très important dans le grenier, en dehors d'un grand nombre de journaux et de carnets épars qui avaient trait à la vie de mon oncle en Amérique. Certains d'entre eux dataient de l'époque de la guerre et montraient qu'il avait accompli son devoir et qu'il avait la réputation d'être un brave soldat.

Others were of a date during the reconstruction of the Southern states, and were mostly concerned with politics, for he had evidently taken a strong part in opposing the carpet-bag politicians who had been sent down from the North.

"Well, it was the beginning of '84 when my father came to live at Horsham, and all went as well as possible with us until the January of '85. On the fourth day after the new year I heard my father give a sharp cry of surprise as we sat together at the breakfast-table. There he was, sitting with a newly opened envelope in one hand and five dried orange pips in the outstretched palm of the other one. He had always laughed at what he called my cock-and-bull story about the colonel, but he looked very scared and puzzled now that the same thing had come upon himself.

" 'Why, what on earth does this mean, John?' he stammered.

"My heart had turned to lead. 'It is K. K. K.,' said I.

"He looked inside the envelope. 'So it is,' he cried. 'Here are the very letters. But what is this written above them?'

" 'Put the papers on the sundial,' I read, peeping over his shoulder.

D'autres dataient de la reconstruction des États du Sud et traitaient surtout de politique, car il avait manifestement joué un rôle actif en s'opposant aux *carpetbaggers*[1] que le Nord leur avait envoyés.

« Eh bien, c'est au début de l'année 1884 que mon père vint vivre à Horsham, et tout alla aussi bien que possible pour nous jusqu'en janvier 1885. Le quatrième jour de cette année nouvelle, j'entendis mon père pousser un cri de surprise perçant au moment où nous étions assis ensemble à la table du petit déjeuner. Il était là, tenant dans une main une enveloppe qu'il venait d'ouvrir et, dans la paume ouverte de l'autre, cinq pépins d'orange desséchés. Il avait toujours ri de ce qu'il appelait mon histoire à dormir debout au sujet du colonel, mais il semblait très intrigué et effrayé, maintenant qu'il lui arrivait la même chose.

« "Mais, sapristi, qu'est-ce que ça veut dire, John ?" bredouilla-t-il.

« Mon cœur s'était changé en plomb. "C'est K.K.K.", dis-je.

« Il regarda à l'intérieur de l'enveloppe et s'écria : "C'est bien ça. Les mêmes lettres. Mais qu'est-ce qui est écrit au-dessus ?"

« En me penchant sur son épaule, je lus : "Mettez les papiers sur le cadran solaire."

1. Ce surnom méprisant était utilisé par les sudistes vaincus pour désigner des aventuriers équipés de simples sacs de voyage (*carpetbags*), envoyés par le Nord pour occuper des fonctions politiques dans les États du Sud, afin de les remettre dans le droit chemin.

" 'What papers? What sundial?' he asked.

" 'The sundial in the garden. There is no other,' said I; 'but the papers must be those that are destroyed.'

" 'Pooh!' said he, gripping hard at his courage. 'We are in a civilized land here, and we can't have tomfoolery of this kind. Where does the thing come from?'

" 'From Dundee,' I answered, glancing at the postmark.

" 'Some preposterous practical joke,' said he. 'What have I to do with sundials and papers? I shall take no notice of such nonsense.'

" 'I should certainly speak to the police,' I said.

" 'And be laughed at for my pains. Nothing of the sort.'

" 'Then let me do so?'

" 'No, I forbid you. I won't have a fuss made about such nonsense.'

"It was in vain to argue with him, for he was a very obstinate man. I went about, however, with a heart which was full of forebodings.

"On the third day after the coming of the letter my father went from home to visit an old friend of his, Major Freebody,

« “Mais quels papiers ? Quel cadran solaire ? demanda-t-il.

« — Le cadran solaire du jardin. Il n'y en a pas d'autre, dis-je. Mais les papiers doivent être ceux qui ont été détruits.

« — Peuh ! fit-il, en s'armant de courage. Nous sommes ici dans un pays civilisé et des bêtises de ce genre, ça n'est pas possible. D'où vient la lettre ?

« — De Dundee[1], répondis-je, en jetant un coup d'œil au cachet de la poste.

« — Il s'agit d'une farce absurde, dit-il. Qu'ai-je donc à voir avec des cadrans solaires et des papiers ? Je ne tiendrai aucun compte de ces stupidités.

« — Moi, je ne manquerais pas d'en parler à la police, dis-je.

« — Pour qu'en retour on se moque de moi ? Pas question !

« — Alors, laisse-moi le faire !

« — Non, je te l'interdis. Je ne veux pas qu'on fasse toute une histoire de ces stupidités.”

« Il ne servait à rien de discuter avec lui, car c'était un homme très obstiné. Mais, en retournant à mes occupations, j'avais le cœur chargé de mauvais pressentiments.

« Trois jours après l'arrivée de cette lettre, mon père quitta la maison pour rendre visite à l'un de ses vieux amis, le major Freebody,

1. Ce port est situé sur la côte est de l'Écosse.

who is in command of one of the forts upon Portsdown Hill. I was glad that he should go, for it seemed to me that he was farther from danger when he was away from home. In that, however, I was in error. Upon the second day of his absence I received a telegram from the major, imploring me to come at once. My father had fallen over one of the deep chalk-pits which abound in the neighbourhood, and was lying senseless, with a shattered skull. I hurried to him, but he passed away without having ever recovered his consciousness. He had, as it appears, been returning from Fareham in the twilight, and as the country was unknown to him, and the chalk-pit unfenced, the jury had no hesitation in bringing in a verdict of 'death from accidental causes.' Carefully as I examined every fact connected with his death, I was unable to find anything which could suggest the idea of murder. There were no signs of violence, no footmarks, no robbery, no record of strangers having been seen upon the roads. And yet I need not tell you that my mind was far from at ease, and that I was well-nigh certain that some foul plot had been woven round him.

"In this sinister way I came into my inheritance.

qui commande l'un des forts de Portsdown Hill[1]. J'étais content qu'il parte, car j'avais l'impression qu'il échappait au danger, en quittant la maison. Mais, sur ce point, je me trompais. Au deuxième jour de son absence, je reçus un télégramme du major, m'implorant de venir immédiatement. Mon père était tombé dans une profonde carrière de craie, comme il y en a beaucoup dans cette région. Et il gisait inconscient, le crâne fracassé. Je me précipitai à son chevet, mais il mourut sans avoir repris connaissance. Apparemment, il revenait de Fareham au crépuscule. Comme il ne connaissait pas le pays et comme la carrière de craie n'avait pas de clôture, le jury n'hésita pas à rendre un verdict de "mort accidentelle". Malgré tout le soin que je mis à examiner tous les faits en rapport avec sa mort, je fus incapable de trouver la moindre chose pouvant suggérer l'idée d'un meurtre. Pas de traces de violence, pas d'empreintes de pas, pas de vol, aucun souvenir d'inconnus qu'on aurait vus sur les routes. Et pourtant, je n'ai pas besoin de vous dire que mon esprit était loin d'être en repos et que j'étais quasiment certain qu'un horrible complot avait été tramé contre lui.

« C'est de cette manière sinistre que j'ai pris possession de mon héritage.

1. Sur cette colline qui domine Portsmouth, au sud de l'Angleterre, Palmerston fit construire six forts dans les années 1860, pour se protéger d'une invasion française !

You will ask me why I did not dispose of it? I answer, because I was well convinced that our troubles were in some way dependent upon an incident in my uncle's life, and that the danger would be as pressing in one house as in another.

"It was in January, '85, that my poor father met his end, and two years and eight months have elapsed since then. During that time I have lived happily at Horsham, and I had begun to hope that this curse had passed away from the family, and that it had ended with the last generation. I had begun to take comfort too soon, however; yesterday morning the blow fell in the very shape in which it had come upon my father."

The young man took from his waistcoat a crumpled envelope, and turning to the table he shook out upon it five little dried orange pips.

"This is the envelope," he continued. "The postmark is London–eastern division. Within are the very words which were upon my father's last message: 'K. K. K.'; and then 'Put the papers on the sundial.' "

"What have you done?" asked Holmes.

"Nothing."

"Nothing?"

"To tell the truth"–he sank his face into his thin, white hands–"I have felt helpless. I have felt like one of those poor rabbits when the snake is writhing towards it.

Vous allez me demander pourquoi je ne m'en suis pas débarrassé. Ma réponse, c'est que j'étais tout à fait convaincu que nos malheurs provenaient, d'une certaine façon, d'un incident dans la vie de mon oncle et que le danger serait aussi présent dans une maison que dans une autre.

« C'est en janvier 1885 que mon pauvre père avait trouvé la mort. Deux années et huit mois se sont écoulés depuis. Pendant ce temps-là, j'ai vécu heureux à Horsham, et je commençais à espérer que la malédiction s'était éloignée de notre famille et qu'elle avait pris fin avec la génération précédente. Mais je commençais à me rassurer trop tôt : hier matin, le coup est tombé, exactement de la même façon que pour mon père. »

Le jeune homme tira de son gilet une enveloppe froissée et, se tournant vers la table, en fit tomber cinq petits pépins d'orange desséchés.

« Voici l'enveloppe, poursuivit-il. Le cachet indique Londres, secteur Est. Et à l'intérieur les mots exacts qui figuraient dans le dernier message envoyé à mon père : "K.K.K.", puis "Mettez les papiers sur le cadran solaire."

— Qu'avez-vous fait ? demanda Holmes.

— Rien.

— Rien ?

— Pour vous dire la vérité, dit-il en cachant son visage dans ses fines mains blanches, je me suis senti désespéré. J'ai ressenti ce que ressent l'un de ces pauvres lapins lorsque le serpent ondule jusqu'à lui.

I seem to be in the grasp of some resistless, inexorable evil, which no foresight and no precautions can guard against."

"Tut! tut!" cried Sherlock Holmes. "You must act, man, or you are lost. Nothing but energy can save you. This is no time for despair."

"I have seen the police."

"Ah!"

"But they listened to my story with a smile. I am convinced that the inspector has formed the opinion that the letters are all practical jokes, and that the deaths of my relations were really accidents, as the jury stated, and were not to be connected with the warnings."

Holmes shook his clenched hands in the air. "Incredible imbecility!" he cried.

"They have, however, allowed me a policeman, who may remain in the house with me."

"Has he come with you to-night?"

"No. His orders were to stay in the house."

Again Holmes raved in the air.

"Why did you come to me," he cried, "and, above all, why did you not come at once?"

J'ai l'impression d'être menacé par un mal inexorable, imparable, dont aucun calcul, aucune précaution ne peut me protéger.

— Allons donc, s'écria Sherlock Holmes. Il vous faut agir, mon ami, sinon vous êtes perdu. Seule l'énergie peut vous sauver. Ce n'est pas le moment de désespérer.

— J'ai vu la police.

— Ah ?

— Mais ils m'ont écouté avec le sourire. Je suis convaincu que l'inspecteur s'est fait son opinion là-dessus : les lettres sont toutes des blagues, et la mort de mon oncle comme celle de mon père étaient vraiment des accidents, comme l'ont déclaré les jurys, sans aucun lien avec les avertissements. »

Holmes agita en l'air ses mains crispées l'une contre l'autre. « Quels crétins ! C'est incroyable ! s'écria-t-il.

— Ils m'ont toutefois alloué un policier qui peut demeurer dans la maison avec moi.

— Est-il venu avec vous ce soir ?

— Non. L'ordre lui a été donné de rester dans la maison. »

De nouveau, Holmes agita les bras en l'air furieusement.

« Pourquoi êtes-vous venu me voir ? demanda-t-il. Et surtout, pourquoi n'êtes-vous pas venu tout de suite ?

"I did not know. It was only to-day that I spoke to Major Prendergast about my troubles and was advised by him to come to you."

"It is really two days since you had the letter. We should have acted before this. You have no further evidence, I suppose, than that which you have placed before us–no suggestive detail which might help us?"

"There is one thing," said John Openshaw. He rummaged in his coat pocket, and, drawing out a piece of discoloured, blue-tinted paper, he laid it out upon the table. "I have some remembrance," said he, "that on the day when my uncle burned the papers I observed that the small, unburned margins which lay amid the ashes were of this particular colour. I found this single sheet upon the floor of his room, and I am inclined to think that it may be one of the papers which has, perhaps, fluttered out from among the others, and in that way has escaped destruction. Beyond the mention of pips, I do not see that it helps us much. I think myself that it is a page from some private diary. The writing is undoubtedly my uncle's."

Holmes moved the lamp, and we both bent over the sheet of paper, which showed by its ragged edge that it had indeed been torn from a book. It was headed, "March, 1869," and beneath were the following enigmatical notices:

— Je ne savais pas. C'est seulement aujourd'hui que j'ai parlé de mes ennuis au major Prendergast et qu'il m'a conseillé d'aller vous voir.

— En fait, cela fait deux jours que vous avez reçu la lettre. Nous aurions déjà dû agir. J'imagine que vous n'avez pas d'autres indices que ceux que vous nous avez montrés… pas de détail révélateur qui pourrait nous aider ?

— Juste une chose », dit John Openshaw. Il fouilla dans la poche de son veston, puis en sortit un fragment de papier bleuté, décoloré, qu'il plaça sur la table. « Je me souviens, dit-il, que, le jour où mon oncle a brûlé les papiers, j'ai remarqué que les petites marges non calcinées qui se trouvaient au milieu des cendres étaient de cette couleur particulière. Et j'ai trouvé ce feuillet sur le plancher de sa chambre. J'ai tendance à croire qu'il s'agit peut-être de l'un des papiers qui, s'étant détaché des autres et envolé, a échappé ainsi à la destruction. En dehors de l'allusion aux pépins, je ne vois pas en quoi il peut nous aider vraiment. Je crois, pour ma part, que c'est la page d'un agenda personnel. L'écriture est celle de mon oncle, aucun doute là-dessus. »

Holmes déplaça la lampe et nous nous penchâmes tous deux sur le feuillet, dont le côté déchiré témoignait qu'il avait bel et bien été arraché d'un carnet. Il était intitulé « Mars 1869 ». En dessous, il y avait ces notes énigmatiques :

4th. Hudson came. Same old platform.
7th. Set the pips on McCauley, Paramore, and John Swain, of St. Augustine.
9th. McCauley cleared.
10th. John Swain cleared.
12th. Visited Paramore. All well.

"Thank you!" said Holmes, folding up the paper and returning it to our visitor. "And now you must on no account lose another instant. We cannot spare time even to discuss what you have told me. You must get home instantly and act."

"What shall I do?"

"There is but one thing to do. It must be done at once. You must put this piece of paper which you have shown us into the brass box which you have described. You must also put in a note to say that all the other papers were burned by your uncle, and that this is the only one which remains. You must assert that in such words as will carry conviction with them. Having done this, you must at once put the box out upon the sundial, as directed. Do you understand?"

"Entirely."

"Do not think of revenge, or anything of the sort, at present. I think that we may gain that by means of the law; but we have our web to weave, while theirs is already woven.

4. Hudson est venu. Même vieux programme.
7. Envoyé les pépins à McCauley, Paramore et John Swain de St. Augustine.
9. McCauley dégagé.
10. John Swain dégagé.
12. Visite à Paramore. Tout va bien.

« Merci, dit Holmes, en repliant le feuillet et en le rendant à notre visiteur. Maintenant, vous n'avez plus un moment à perdre, sous aucun prétexte. Nous ne pouvons même pas prendre le temps de discuter de ce que vous m'avez dit. Vous devez rentrer chez vous immédiatement et agir.

— Que dois-je faire ?

— Il n'y a qu'une seule chose à faire. Et tout de suite. Vous devez déposer ce feuillet que vous nous avez montré dans la cassette de cuivre que vous nous avez décrite. Vous devez aussi y ajouter une note pour dire que tous les autres papiers ont été brûlés par votre oncle et que celui-ci est le seul qui reste. Vous devez le dire avec des mots convaincants. Après cela, vous devez immédiatement mettre la cassette sur le cadran solaire, comme on vous l'a demandé. Vous comprenez ?

— Parfaitement.

— Pour l'instant, ne pensez pas à vous venger, ou à quelque chose de ce genre. Je pense que nous pouvons obtenir cela de la justice. Mais notre toile n'est pas encore tissée, tandis que la leur est déjà prête.

The first consideration is to remove the pressing danger which threatens you. The second is to clear up the mystery and to punish the guilty parties."

"I thank you," said the young man, rising and pulling on his overcoat. "You have given me fresh life and hope. I shall certainly do as you advise."

"Do not lose an instant. And, above all, take care of yourself in the meanwhile, for I do not think that there can be a doubt that you are threatened by a very real and imminent danger. How do you go back?"

"By train from Waterloo."

"It is not yet nine. The streets will be crowded, so I trust that you may be in safety. And yet you cannot guard yourself too closely."

"I am armed."

"That is well. To-morrow I shall set to work upon your case."

"I shall see you at Horsham, then?"

"No, your secret lies in London. It is there that I shall seek it."

"Then I shall call upon you in a day, or in two days, with news as to the box and the papers. I shall take your advice in every particular." He shook hands with us and took his leave. Outside the wind still screamed and the rain splashed and pattered against the windows.

La première chose à envisager est d'éloigner le danger pressant qui vous menace. La seconde est d'élucider ce mystère et de punir les coupables.

— Je vous remercie, dit le jeune homme, qui se leva pour enfiler son imperméable. Vous m'avez redonné vie et espoir. Je ne manquerai pas de faire ce que vous m'avez conseillé.

— Ne perdez pas un instant. Et surtout, en attendant, prenez bien garde, car, je n'ai là-dessus aucun doute, vous êtes menacé par un danger très réel et imminent. Comment allez-vous rentrer ?

— Par le train, depuis la gare de Waterloo.

— Il n'est pas encore neuf heures. Il y aura beaucoup de monde dans les rues et je crois donc que vous serez en sécurité. Pourtant, vous ne pouvez vous montrer trop prudent.

— Je suis armé.

— Bien. Demain, je vais étudier votre affaire.

— Je vous verrai donc à Horsham ?

— Non. Votre secret se trouve à Londres. C'est là que je vais le chercher.

— Alors je viendrai vous voir dans un jour ou deux, pour vous donner des nouvelles de la cassette et des papiers. Je suivrai vos conseils en tout point. » Il nous serra la main et s'en alla. Dehors, le vent hurlait toujours, la pluie continuait de battre sur nos fenêtres et de les éclabousser.

This strange, wild story seemed to have come to us from amid the mad elements–blown in upon us like a sheet of sea-weed in a gale–and now to have been reabsorbed by them once more.

Sherlock Holmes sat for some time in silence, with his head sunk forward and his eyes bent upon the red glow of the fire. Then he lit his pipe, and leaning back in his chair he watched the blue smoke-rings as they chased each other up to the ceiling.

"I think, Watson," he remarked at last, "that of all our cases we have had none more fantastic than this."

"Save, perhaps, the Sign of Four."

"Well, yes. Save, perhaps, that. And yet this John Openshaw seems to me to be walking amid even greater perils than did the Sholtos."

"But have you," I asked, "formed any definite conception as to what these perils are?"

"There can be no question as to their nature," he answered.

"Then what are they? Who is this K. K. K., and why does he pursue this unhappy family?"

Sherlock Holmes closed his eyes and placed his elbows upon the arms of his chair, with his finger-tips together. "The ideal reasoner," he remarked, "would, when he had once been shown a single fact in all its bearings,

On aurait dit que cette histoire étrange, insensée, nous avait été apportée par les éléments en furie – qu'elle nous avait été envoyée comme un paquet d'algues dans la tempête – et que maintenant ils l'avaient réabsorbée.

Pendant quelque temps, Sherlock Holmes resta assis en silence, la tête penchée en avant, les yeux baissés sur les lueurs rouges du feu. Puis il alluma sa pipe et, se redressant dans son fauteuil, il regarda les anneaux bleus de la fumée qui se poursuivaient jusqu'au plafond.

« Je crois, Watson, dit-il enfin, que, de toutes nos affaires, celle-ci est la plus bizarre que nous ayons eue.

— À l'exception, peut-être, du *Signe des Quatre.*

— Eh bien, oui. À l'exception peut-être de celle-là. Et pourtant, ce John Openshaw me semble s'avancer au milieu de dangers bien plus grands que ceux qui menaçaient les Sholto.

— Mais, demandai-je, vous êtes-vous formé une idée précise de la nature de ces dangers ?

— Il n'y a aucun doute sur leur nature, répondit-il.

— Alors, de quoi s'agit-il ? Qui est ce K.K.K. et pourquoi poursuit-il cette malheureuse famille ? »

Sherlock Holmes ferma les yeux, plaça ses coudes sur les bras de son fauteuil en réunissant l'extrémité de ses doigts. « Le logicien idéal, remarqua-t-il, pourrait, une fois qu'on lui a montré un simple fait sous tous ses angles,

deduce from it not only all the chain of events which led up to it but also all the results which would follow from it. As Cuvier could correctly describe a whole animal by the contemplation of a single bone, so the observer who has thoroughly understood one link in a series of incidents should be able to accurately state all the other ones, both before and after. We have not yet grasped the results which the reason alone can attain to. Problems may be solved in the study which have baffled all those who have sought a solution by the aid of their senses. To carry the art, however, to its highest pitch, it is necessary that the reasoner should be able to utilize all the facts which have come to his knowledge; and this in itself implies, as you will readily see, a possession of all knowledge, which, even in these days of free education and encyclopædias, is a somewhat rare accomplishment. It is not so impossible, however, that a man should possess all knowledge which is likely to be useful to him in his work, and this I have endeavoured in my case to do. If I remember rightly, you on one occasion, in the early days of our friendship, defined my limits in a very precise fashion."

en déduire non seulement toute la chaîne des événements qui ont conduit jusqu'à lui, mais aussi tous les effets qu'il est susceptible d'avoir. De même que Cuvier[1] pouvait décrire correctement un animal entier en observant attentivement un seul de ses os, de même l'observateur qui a parfaitement compris un lien dans une série d'incidents devrait être capable de désigner tous les autres qui se sont produits avant ou qui se produiront ensuite. Nous n'avons pas encore compris les résultats auxquels peut parvenir la raison seule. Des problèmes peuvent être résolus dans le cabinet de travail, alors qu'ils ont dérouté tous ceux qui ont cherché une solution à l'aide de leurs sens. Mais pour porter cet art à son niveau suprême, il est nécessaire que le logicien soit capable d'utiliser tous les faits qui sont parvenus à sa connaissance. Et cela en soi implique, comme vous le comprendrez facilement, qu'il dispose de toutes les connaissances, ce qui, même à notre époque, où se développent l'éducation gratuite et les encyclopédies, est un exploit assez rare. Il n'est pas impossible, cependant, qu'un homme possède toutes les connaissances susceptibles de lui être utiles dans son travail, et c'est ce que je me suis efforcé de faire, pour ma part. Si ma mémoire est bonne, il vous est arrivé une fois, aux débuts de notre amitié, de définir mes limites avec une très grande précision[2].

1. Georges Cuvier (1769-1832), célèbre naturaliste français.
2. Allusion au chapitre 2 d'*Une étude en rouge.*

"Yes," I answered, laughing. "It was a singular document. Philosophy, astronomy, and politics were marked at zero, I remember. Botany variable, geology profound as regards the mud-stains from any region within fifty miles of town, chemistry eccentric, anatomy unsystematic, sensational literature and crime records unique, violin-player, boxer, swordsman, lawyer, and self-poisoner by cocaine and tobacco. Those, I think, were the main points of my analysis."

Holmes grinned at the last item. "Well," he said, "I say now, as I said then, that a man should keep his little brain-attic stocked with all the furniture that he is likely to use, and the rest he can put away in the lumber-room of his library, where he can get it if he wants it. Now, for such a case as the one which has been submitted to us to-night, we need certainly to muster all our resources. Kindly hand me down the letter K of the American Encyclopædia which stands upon the shelf beside you. Thank you. Now let us consider the situation and see what may be deduced from it. In the first place, we may start with a strong presumption that Colonel Openshaw had some very strong reason for leaving America.

— Oui, répondis-je en riant. C'était un document extraordinaire. En philosophie, en astronomie et en politique, je vous avais mis un zéro, je m'en souviens. En botanique, irrégulier. En géologie, très fort pour identifier les taches de boue de toutes les régions dans un rayon de quatre-vingts kilomètres autour de Londres. En chimie, original. En anatomie, pas assez méthodique. En littérature à sensations et en histoire criminelle, exceptionnel. Joueur de violon. Boxeur. Escrimeur. Juriste. S'intoxiquant à la cocaïne et au tabac. Tels étaient, je pense, les points essentiels de mon analyse. »

En entendant le dernier commentaire, Holmes eut un sourire forcé. « Eh bien, fit-il, je dis aujourd'hui ce que j'ai dit alors : l'homme doit disposer, dans le grenier de sa matière grise, de tout le mobilier qu'il est susceptible d'utiliser ; quant au reste, il peut le ranger dans le débarras de sa bibliothèque, où il peut le retrouver en cas de besoin. Maintenant, pour une affaire comme celle qui nous a été proposée ce soir, nous avons besoin, assurément, de mobiliser toutes nos ressources. Auriez-vous l'obligeance de me passer le volume K de l'*Encyclopédie américaine* qui est sur le rayon à côté de vous ? Merci. À présent, examinons la situation et voyons ce que l'on peut en déduire. D'abord, nous pouvons peut-être commencer en disant qu'il y a tout lieu de croire que le colonel Openshaw avait une raison très sérieuse de quitter l'Amérique.

Men at his time of life do not change all their habits and exchange willingly the charming climate of Florida for the lonely life of an English provincial town. His extreme love of solitude in England suggests the idea that he was in fear of someone or something, so we may assume as a working hypothesis that it was fear of someone or something which drove him from America. As to what it was he feared, we can only deduce that by considering the formidable letters which were received by himself and his successors. Did you remark the postmarks of those letters?"

"The first was from Pondicherry, the second from Dundee, and the third from London."

"From East London. What do you deduce from that?"

"They are all seaports. That the writer was on board of a ship."

"Excellent. We have already a clue. There can be no doubt that the probability–the strong probability–is that the writer was on board of a ship. And now let us consider another point. In the case of Pondicherry, seven weeks elapsed between the threat and its fulfillment, in Dundee it was only some three or four days. Does that suggest anything?"

"A greater distance to travel."

"But the letter had also a greater distance to come."

"Then I do not see the point."

À son âge, les hommes ne changent pas toutes leurs habitudes et ne renoncent pas facilement au charmant climat de la Floride pour connaître la solitude d'une ville anglaise de province. Cette recherche passionnée de la solitude en Angleterre laisse à penser qu'il craignait quelqu'un ou quelque chose. Nous pouvons donc prendre comme hypothèse de travail que c'est la crainte de quelqu'un ou de quelque chose qui l'a obligé à fuir l'Amérique. Quant à savoir ce qu'il craignait, la seule façon que nous avons de le déduire, c'est d'examiner les lettres redoutables reçues par lui-même et ses successeurs. Avez-vous remarqué les cachets de la poste sur ces lettres ?

— La première était de Pondichéry, la deuxième de Dundee et la troisième de Londres.

— De Londres, secteur Est. Qu'en déduisez-vous ?

— Il s'agit toujours de ports de mer. L'expéditeur voyageait à bord d'un bateau.

— Excellent. Nous avons déjà une piste. Il est probable, hautement probable assurément, que l'expéditeur était à bord d'un bateau. Et maintenant, examinons un autre point. Dans le cas de Pondichéry, sept semaines se sont écoulées entre la menace et son exécution. Pour Dundee, il n'y a eu que trois ou quatre jours. Cela vous suggère-t-il une remarque ?

— La distance à parcourir était plus longue.

— Mais la distance à parcourir était également plus longue pour la lettre.

— Alors, je ne vois pas ce que vous voulez dire.

"There is at least a presumption that the vessel in which the man or men are is a sailing-ship. It looks as if they always sent their singular warning or token before them when starting upon their mission. You see how quickly the deed followed the sign when it came from Dundee. If they had come from Pondicherry in a steamer they would have arrived almost as soon as their letter. But, as a matter of fact, seven weeks elapsed. I think that those seven weeks represented the difference between the mail-boat which brought the letter and the sailing vessel which brought the writer."

"It is possible."

"More than that. It is probable. And now you see the deadly urgency of this new case, and why I urged young Openshaw to caution. The blow has always fallen at the end of the time which it would take the senders to travel the distance. But this one comes from London, and therefore we cannot count upon delay."

"Good God!" I cried. "What can it mean, this relentless persecution?"

"The papers which Openshaw carried are obviously of vital importance to the person or persons in the sailing-ship. I think that it is quite clear that there must be more than one of them.

— Il y a lieu de penser, au moins, que le bateau sur lequel se trouve l'homme, ou les hommes, est un voilier. On a l'impression que leur singulier avertissement ou message les devançait, lorsqu'ils partaient pour leur mission. Vous voyez avec quelle rapidité l'action a suivi le message, lorsque celui-ci est venu de Dundee. S'ils étaient venus de Pondichéry à bord d'un vapeur, ils seraient arrivés presque en même temps que leur lettre. Mais, en fait, sept semaines se sont écoulées. Je pense que ces sept semaines correspondaient à la différence de vitesse entre le paquebot de la poste qui apportait la lettre et le voilier qui amenait son auteur.

— C'est possible.

— Bien plus que cela : c'est probable. Vous comprenez maintenant l'urgence vitale que présente cette nouvelle affaire et pourquoi j'ai incité le jeune Openshaw à se montrer très prudent. Le coup est toujours tombé à la fin du délai qu'il fallait aux expéditeurs pour parcourir la distance. Mais cette fois, la lettre vient de Londres et donc, nous ne pouvons compter sur aucun délai.

— Mon Dieu ! m'écriai-je. Mais que peut bien signifier cette persécution impitoyable ?

— Les papiers que détenait Openshaw ont une importance vitale pour la personne, ou les personnes, à bord du voilier. Selon moi, il est bien clair qu'il ne peut pas s'agir d'une seule personne.

A single man could not have carried out two deaths in such a way as to deceive a coroner's jury. There must have been several in it, and they must have been men of resource and determination. Their papers they mean to have, be the holder of them who it may. In this way you see K. K. K. ceases to be the initials of an individual and becomes the badge of a society."

"But of what society?"

"Have you never–" said Sherlock Holmes, bending forward and sinking his voice–"have you never heard of the Ku Klux Klan?"

"I never have."

Holmes turned over the leaves of the book upon his knee. "Here it is," said he presently:

> "Ku Klux Klan. A name derived from the fanciful resemblance to the sound produced by cocking a rifle. This terrible secret society was formed by some ex-Confederate soldiers in the Southern states after the Civil War, and it rapidly formed local branches in different parts of the country, notably in Tennessee, Louisiana, the Carolinas, Georgia, and Florida. Its power was used for political purposes, principally for the terrorizing of the negro voters and the murdering and driving from the country of those who were opposed to its views.

Un homme seul n'aurait pas pu commettre deux meurtres avec assez d'habileté pour abuser un jury d'assises. Ils devaient être plusieurs, et ce devaient être des hommes pleins de ressources et de détermination. Ils veulent mettre la main sur leurs papiers, quel que soit le détenteur. Ainsi, vous voyez que K.K.K. cesse d'être les initiales d'un individu pour devenir la marque d'une association.

— Mais de quelle association ?

— N'avez-vous jamais..., demanda Sherlock Holmes, se penchant en avant et baissant la voix, n'avez-vous jamais entendu parler du Ku Klux Klan ?

— Jamais. »

Holmes feuilleta les pages du volume qu'il avait sur les genoux. « Nous y voici, dit-il bientôt :

> « Ku Klux Klan. Nom dérivé d'une ressemblance imaginaire avec le bruit d'un fusil que l'on arme[1]. Cette terrible société secrète a été formée par d'anciens soldats confédérés des États du Sud, après la guerre de Sécession. Très vite, elle a eu des ramifications dans différents États, et notamment dans le Tennessee, la Louisiane, les Carolines, la Géorgie et la Floride. Sa force a été utilisée pour des projets politiques, et surtout pour terroriser les électeurs noirs et pour assassiner ou chasser du pays ceux qui s'opposaient à ses idées.

1. Étymologie fantaisiste. Selon certains historiens, le nom viendrait plutôt du grec *kuklos*, désignant un cercle.

Its outrages were usually preceded by a warning sent to the marked man in some fantastic but generally recognized shape–a sprig of oak-leaves in some parts, melon seeds or orange pips in others. On receiving this the victim might either openly abjure his former ways, or might fly from the country. If he braved the matter out, death would unfailingly come upon him, and usually in some strange and unforeseen manner. So perfect was the organization of the society, and so systematic its methods, that there is hardly a case upon record where any man succeeded in braving it with impunity, or in which any of its outrages were traced home to the perpetrators. For some years the organization flourished in spite of the efforts of the United States government and of the better classes of the community in the South. Eventually, in the year 1869, the movement rather suddenly collapsed, although there have been sporadic outbreaks of the same sort since that date.

"You will observe," said Holmes, laying down the volume, "that the sudden breaking up of the society was coincident with the disappearance of Openshaw from America with their papers. It may well have been cause and effect.

Ses crimes étaient habituellement précédés d'un avertissement envoyé à l'homme visé sous une forme étrange mais en général reconnaissable : un rameau de feuilles de chêne, dans certaines régions, des pépins de melon ou d'orange dans d'autres. Lorsqu'il recevait cela, l'homme visé pouvait soit clairement abjurer sa conduite précédente, soit quitter le pays. S'il ne tenait pas compte de la menace, il trouvait la mort infailliblement, et souvent d'une manière étrange et imprévisible. L'organisation de la société était si parfaite et ses méthodes si bien élaborées qu'on ne connaît pas de cas où un homme ait réussi à la braver impunément, ou bien encore où l'on soit remonté du crime jusqu'à ses auteurs. Pendant plusieurs années l'organisation a prospéré, en dépit des efforts du gouvernement des États-Unis et des meilleurs éléments de la communauté du Sud. Finalement, en 1869, le mouvement s'est effondré assez subitement, même si, sporadiquement, il y a eu des résurgences du même ordre depuis cette date.

« Vous remarquerez, dit Holmes en reposant le volume, que l'effondrement soudain de la société coïncide avec le moment où Openshaw a quitté l'Amérique avec les papiers de celle-ci. Il peut très bien y avoir une relation de cause à effet.

It is no wonder that he and his family have some of the more implacable spirits upon their track. You can understand that this register and diary may implicate some of the first men in the South, and that there may be many who will not sleep easy at night until it is recovered."

"Then the page we have seen--"

"Is such as we might expect. It ran, if I remember right, 'sent the pips to A, B, and C'–that is, sent the society's warning to them. Then there are successive entries that A and B cleared, or left the country, and finally that C was visited, with, I fear, a sinister result for C. Well, I think, Doctor, that we may let some light into this dark place, and I believe that the only chance young Openshaw has in the meantime is to do what I have told him. There is nothing more to be said or to be done to-night, so hand me over my violin and let us try to forget for half an hour the miserable weather and the still more miserable ways of our fellowmen."

It had cleared in the morning, and the sun was shining with a subdued brightness through the dim veil which hangs over the great city. Sherlock Holmes was already at breakfast when I came down.

Rien d'étonnant si lui et sa famille sont poursuivis par les plus courageux et les plus implacables de ces hommes. Vous comprenez bien que ce registre et cet agenda peuvent impliquer certains des hommes les plus en vue dans le Sud et que beaucoup, peut-être, ne dormiront pas tranquilles dans leur lit, tant qu'ils ne seront pas retrouvés.

— Alors, la page que nous avons vue…

— Est bien conforme à ce que nous pouvions imaginer. Elle disait, si j'ai bonne mémoire : “Envoyé les pépins à A, B et C.” Ce qui signifie : envoyé l'avertissement de la société à ces gens-là. Puis, on trouve plus loin que A et B ont “dégagé”, ou qu'ils ont quitté le pays, et enfin que C a reçu une visite, ce qui a eu, je le crains, un résultat sinistre pour C. Eh bien, docteur, je pense que nous pouvons apporter un peu de lumière dans cette obscurité, et je crois que la seule chance qu'ait entre-temps le jeune Openshaw, c'est de suivre mes instructions. Il n'y a rien de plus à dire ou à faire ce soir. Alors, passez-moi mon violon et, l'espace d'une demi-heure, essayons d'oublier ce temps lamentable et le comportement encore plus lamentable de nos semblables. »

Le matin suivant, il y avait une éclaircie et le soleil brillait d'un éclat discret à travers le voile de brume qui domine la grande ville. Sherlock Holmes prenait déjà son petit déjeuner lorsque je descendis.

"You will excuse me for not waiting for you," said he; "I have, I foresee, a very busy day before me in looking into this case of young Openshaw's."

"What steps will you take?" I asked.

"It will very much depend upon the results of my first inquiries. I may have to go down to Horsham, after all."

"You will not go there first?"

"No, I shall commence with the City. Just ring the bell and the maid will bring up your coffee."

As I waited, I lifted the unopened newspaper from the table and glanced my eye over it. It rested upon a heading which sent a chill to my heart.

"Holmes," I cried, "you are too late."

"Ah!" said he, laying down his cup, "I feared as much. How was it done?" He spoke calmly, but I could see that he was deeply moved.

"My eye caught the name of Openshaw, and the heading 'Tragedy Near Waterloo Bridge.' Here is the account:

> "Between nine and ten last night Police-Constable Cook, of the H Division, on duty near Waterloo Bridge, heard a cry for help and a splash in the water.

« Excusez-moi ; je ne vous ai pas attendu, dit-il. Je prévois que je vais avoir une journée bien occupée avec cette affaire du jeune Openshaw.

— Comment allez-vous procéder ? lui demandai-je.

— Cela dépendra beaucoup du résultat de mes premières recherches. Il se peut que j'aie à me rendre à Horsham, finalement.

— Vous ne commencerez pas par là ?

— Non, je vais commencer par la City. Vous n'avez qu'à sonner, Watson, et la bonne vous apportera votre café. »

Tandis que j'attendais, je pris sur la table le journal qui n'avait pas encore été ouvert, pour y jeter un coup d'œil. Mon regard se fixa sur un gros titre qui me glaça le cœur.

« Holmes, m'écriai-je, c'est trop tard !

— Ah ! fit-il en reposant sa tasse. C'est bien ce que je craignais. Comment cela est-il arrivé ? » Il parlait calmement, mais je voyais bien qu'il était profondément ému.

« J'ai vu le nom d'Openshaw et le titre “Tragédie près du pont de Waterloo”. Voici l'article :

> “La nuit dernière, entre neuf et dix heures, le policier Cook, de la division H, qui était de service près du pont de Waterloo, a entendu un appel au secours, puis le bruit d'un plongeon dans l'eau.

The night, however, was extremely dark and stormy, so that, in spite of the help of several passers-by, it was quite impossible to effect a rescue. The alarm, however, was given, and, by the aid of the water-police, the body was eventually recovered. It proved to be that of a young gentleman whose name, as it appears from an envelope which was found in his pocket, was John Openshaw, and whose residence is near Horsham. It is conjectured that he may have been hurrying down to catch the last train from Waterloo Station, and that in his haste and the extreme darkness he missed his path and walked over the edge of one of the small landing-places for river steamboats. The body exhibited no traces of violence, and there can be no doubt that the deceased had been the victim of an unfortunate accident, which should have the effect of calling the attention of the authorities to the condition of the riverside landing-stages."

We sat in silence for some minutes, Holmes more depressed and shaken than I had ever seen him.

"That hurts my pride, Watson," he said at last. "It is a petty feeling, no doubt, but it hurts my pride. It becomes a personal matter with me now, and, if God sends me health, I shall set my hand upon this gang. That he should come to me for help, and that I should send him away to his death––!"

Mais la nuit était très sombre et agitée, si bien que, malgré l'aide de plusieurs passants, il a été absolument impossible de réaliser un sauvetage. L'alarme a cependant été donnée et, grâce à l'aide de la police fluviale, le corps a finalement pu être repêché. On a pu établir qu'il s'agit d'un jeune gentleman qui, d'après une enveloppe trouvée dans sa poche, se nomme John Openshaw et habite près de Horsham. On suppose qu'il se dépêchait, vraisemblablement pour attraper le dernier train au départ de la gare de Waterloo et que, dans sa précipitation, et dans l'obscurité totale, il s'est fourvoyé et qu'il a basculé par-dessus le bord de l'un de ces petits débarcadères pour les bateaux à vapeur de la Tamise. Le corps ne présentait aucune trace de violence et il ne fait pas de doute que le défunt a été victime d'un accident malheureux, qui devrait avoir pour effet d'attirer l'attention des autorités sur l'état des débarcadères du fleuve."

Nous restâmes silencieux quelques minutes. Je n'avais jamais vu Holmes aussi déprimé et ébranlé.

« Je suis blessé dans mon orgueil, Watson, dit-il enfin. C'est un sentiment mesquin, sans aucun doute, mais je suis blessé dans mon orgueil. J'en fais désormais une affaire personnelle et, si Dieu me prête vie, je mettrai la main sur cette bande. Penser qu'il est venu me demander de l'aide et que je l'ai envoyé à la mort !... »

He sprang from his chair and paced about the room in uncontrollable agitation, with a flush upon his sallow cheeks and a nervous clasping and unclasping of his long thin hands.

"They must be cunning devils," he exclaimed at last. "How could they have decoyed him down there? The Embankment is not on the direct line to the station. The bridge, no doubt, was too crowded, even on such a night, for their purpose. Well, Watson, we shall see who will win in the long run. I am going out now!"

"To the police?"

"No; I shall be my own police. When I have spun the web they may take the flies, but not before."

All day I was engaged in my professional work, and it was late in the evening before I returned to Baker Street. Sherlock Holmes had not come back yet. It was nearly ten o'clock before he entered, looking pale and worn. He walked up to the sideboard, and tearing a piece from the loaf he devoured it voraciously, washing it down with a long draught of water.

"You are hungry," I remarked.

"Starving. It had escaped my memory. I have had nothing since breakfast."

Il se leva de sa chaise d'un bond pour arpenter la pièce avec une agitation qu'il ne pouvait maîtriser : ses joues blêmes s'étaient empourprées et il n'arrêtait pas de serrer et de desserrer ses longues mains fines.

« Il doit s'agir de démons très habiles, s'exclama-t-il enfin. Comment ont-ils pu l'attirer à cet endroit-là ? L'Embankment[1] n'est pas le chemin le plus court pour aller à la gare. Il y avait sûrement trop de monde sur le pont, même par une nuit pareille, pour qu'ils puissent réaliser leur projet. Eh bien, Watson, nous verrons qui gagnera, au bout du compte. À présent, je m'en vais !

— Vous allez voir la police ?

— Non. Je serai moi-même ma propre police. Quand j'aurai tissé ma toile, ils pourront prendre les mouches, mais pas avant ! »

Toute la journée, je fus occupé par mon travail de médecin et je ne revins que tard dans la soirée à Baker Street. Sherlock Holmes n'était pas encore rentré. Il allait être dix heures lorsqu'il apparut. Il semblait pâle et épuisé. Il alla droit au buffet, saisit une tranche de pain qu'il dévora avec un vif appétit et qu'il fit passer en buvant une grande rasade d'eau.

« Vous êtes affamé, dis-je.

— Je meurs de faim. Cela m'avait complètement échappé. Je n'ai rien pris depuis le petit déjeuner.

1. Il s'agit du Victoria Embankment, une belle artère sur la rive nord de la Tamise entre Westminster Bridge et Blackfriars Bridge.

"Nothing?"

"Not a bite. I had no time to think of it."

"And how have you succeeded?"

"Well."

"You have a clue?"

"I have them in the hollow of my hand. Young Openshaw shall not long remain unavenged. Why, Watson, let us put their own devilish trade-mark upon them. It is well thought of!"

"What do you mean?"

He took an orange from the cupboard, and tearing it to pieces he squeezed out the pips upon the table. Of these he took five and thrust them into an envelope. On the inside of the flap he wrote "S. H. for J. C." Then he sealed it and addressed it to "Captain James Calhoun, Bark *Lone Star*, Savannah, Georgia."

"That will await him when he enters port," said he, chuckling. "It may give him a sleepless night. He will find it as sure a precursor of his fate as Openshaw did before him."

"And who is this Captain Calhoun?"

"The leader of the gang. I shall have the others, but he first."

"How did you trace it, then?"

He took a large sheet of paper from his pocket, all covered with dates and names.

— Rien ?

— Pas la moindre bouchée. Je n'ai pas eu le temps d'y penser.

— Et comment cela a-t-il marché ?

— Bien.

— Vous avez une piste ?

— Je les tiens dans le creux de ma main. Le jeune Openshaw sera bientôt vengé. Eh bien, Watson, nous allons les soumettre à leur symbolique diabolique. C'est bien réfléchi !

— Que voulez-vous dire ? »

Il prit une orange sur le buffet, la divisa en quartiers pour en extraire les pépins au-dessus de la table. Il en prit cinq, qu'il glissa dans une enveloppe. À l'intérieur du rabat, il écrivit : « S. H. pour J. C. » Puis il ferma l'enveloppe et ajouta l'adresse : « Capitaine James Calhoun, trois-mâts *Lone Star*, Savannah, Géorgie. »

« Ce message l'attendra lorsqu'il arrivera au port, dit-il en réprimant son rire. Cela l'empêchera peut-être de dormir. Il y verra une préfiguration certaine de son destin, de la même façon qu'Openshaw avant lui.

— Et qui est ce capitaine Calhoun ?

— Le chef de la bande. J'aurai les autres, mais lui en premier.

— Comment l'avez-vous donc retrouvé ? »

Il tira de sa poche une grande feuille de papier, entièrement recouverte de dates et de noms.

"I have spent the whole day," said he, "over Lloyd's registers and files of the old papers, following the future career of every vessel which touched at Pondicherry in January and February in '83. There were thirty-six ships of fair tonnage which were reported there during those months. Of these, one, the *Lone Star*, instantly attracted my attention, since, although it was reported as having cleared from London, the name is that which is given to one of the states of the Union."

"Texas, I think."

"I was not and am not sure which; but I knew that the ship must have an American origin."

"What then?"

"I searched the Dundee records, and when I found that the bark *Lone Star* was there in January, '85, my suspicion became a certainty. I then inquired as to the vessels which lay at present in the port of London."

"Yes?"

"The *Lone Star* had arrived here last week. I went down to the Albert Dock and found that she had been taken down the river by the early tide this morning, homeward bound to Savannah.

« J'ai passé toute la journée, dit-il, sur les registres et les vieux dossiers de la Lloyd[1], pour suivre les mouvements de tous les bateaux qui sont passés par Pondichéry en janvier et février 1883. Pendant ces deux mois, il y en a eu trente-six de bon tonnage. L'un d'eux, le *Lone Star*, a immédiatement retenu mon attention. En effet, même si le registre disait qu'il avait quitté Londres, il porte le nom de l'un des États de l'Union.

— Le Texas, je crois.

— Je n'en étais pas sûr et je ne le suis toujours pas ; mais je savais que le bateau devait avoir une origine américaine.

— Et alors ?

— J'ai exploré les registres de Dundee, et quand j'ai vu que le trois-mâts *Lone Star* y était en janvier 1885, mes soupçons se sont transformés en certitude. Je me suis alors renseigné sur les bateaux ancrés en ce moment dans le port de Londres.

— Oui ?

— Le *Lone Star* y est arrivé la semaine dernière. Je me suis rendu à l'Albert Dock[2] pour apprendre qu'il était parti ce matin avec la première marée, à destination de Savannah, son port d'attache.

1. Cette célèbre compagnie d'assurance s'occupait surtout de bateaux à l'origine.

2. Les docks londoniens ont connu une expansion remarquable sous le règne de Victoria. L'un d'eux a été nommé Albert Dock en l'honneur du prince consort.

I wired to Gravesend and learned that she had passed some time ago, and as the wind is easterly I have no doubt that she is now past the Goodwins and not very far from the Isle of Wight."

"What will you do, then?"

"Oh, I have my hand upon him. He and the two mates, are, as I learn, the only native-born Americans in the ship. The others are Finns and Germans. I know, also, that they were all three away from the ship last night. I had it from the stevedore who has been loading their cargo. By the time that their sailing-ship reaches Savannah the mail-boat will have carried this letter, and the cable will have informed the police of Savannah that these three gentlemen are badly wanted here upon a charge of murder."

There is ever a flaw, however, in the best laid of human plans, and the murderers of John Openshaw were never to receive the orange pips which would show them that another, as cunning and as resolute as themselves, was upon their track. Very long and very severe were the equinoctial gales that year.

J'ai télégraphié à Gravesend[1], pour apprendre qu'il était passé là depuis quelque temps, et, comme le vent vient de l'est, je suis bien sûr qu'il a maintenant franchi les Goodwin[2] et qu'il n'est pas très loin de l'île de Wight[3].

— Qu'allez-vous faire, alors ?

— Oh, j'ai la main sur lui. Lui et ses deux seconds sont, comme je l'ai découvert, les seuls Américains de naissance, sur ce bateau. Les autres sont finlandais et allemands. Je sais également que ces trois-là n'étaient pas à bord hier soir. Je tiens cela du docker qui a chargé leur cargaison. Avant que leur voilier arrive à Savannah, le paquebot de la poste aura transporté cette lettre et un câble aura informé la police de Savannah que ces trois messieurs sont activement recherchés ici pour homicide. »

Il y a toujours une faille, cependant, dans les plans humains les mieux conçus. Les meurtriers de John Openshaw ne devaient pas recevoir les pépins d'orange qui leur auraient prouvé que quelqu'un, aussi rusé et déterminé qu'eux-mêmes, était sur leur piste. Cette année-là, les tempêtes d'équinoxe furent très longues et très violentes.

1. Cette ville, à l'extrémité de l'estuaire de la Tamise, est parfois considérée comme « l'entrée » du port de Londres.

2. Ces bancs de sable (*Goodwin Sands*) représentent un obstacle à la navigation, près de Douvres.

3. En face de Southampton et de Portsmouth, presque au milieu de la côte sud de l'Angleterre.

We waited long for news of the *Lone Star* of Savannah, but none ever reached us. We did at last hear that somewhere far out in the Atlantic a shattered stern-post of the boat was seen swinging in the trough of a wave, with the letters "L. S." carved upon it, and that is all which we shall ever know of the fate of the *Lone Star*.

Nous avons attendu longtemps des nouvelles du *Lone Star* de Savannah, mais nous n'en avons point reçu. Finalement, nous avons appris que quelque part, au loin sur l'Atlantique, on avait aperçu un étambot brisé du bateau, ballotté entre deux lames, sur lequel étaient gravées les lettres L.S. Et voilà tout ce que nous saurons jamais sur le destin du *Lone Star*.

The Final Problem

Le dernier problème

It is with a heavy heart that I take up my pen to write these the last words in which I shall ever record the singular gifts by which my friend Mr. Sherlock Holmes was distinguished. In an incoherent and, as I deeply feel, an entirely inadequate fashion, I have endeavoured to give some account of my strange experiences in his company from the chance which first brought us together at the period of the "Study in Scarlet," up to the time of his interference in the matter of the "Naval Treaty"–an interference which had the unquestionable effect of preventing a serious international complication. It was my intention to have stopped there, and to have said nothing of that event which has created a void in my life which the lapse of two years has done little to fill.

C'est avec le cœur lourd que je prends la plume pour évoquer une dernière fois les talents exceptionnels qui faisaient de mon ami Mr. Sherlock Holmes une personnalité remarquable. À ma manière incohérente et tout à fait indigne, j'en ai pleinement conscience, j'ai essayé de raconter certaines des aventures étonnantes que j'ai vécues en sa compagnie, depuis notre rencontre fortuite, à l'époque d'*Une étude en rouge*[1], jusqu'au moment où il est intervenu dans l'affaire du « Traité naval[2] », une intervention qui, incontestablement, a eu pour effet d'éviter de sérieuses complications internationales. J'avais l'intention de m'en tenir là, sans rien dire de cet événement qui, dans mon existence, a créé un vide que les deux années qui se sont écoulées depuis n'ont pas vraiment réussi à combler.

1. Première apparition de Sherlock Holmes, en 1887.
2. Dans le deuxième recueil de nouvelles de Doyle, *Les Mémoires de Sherlock Holmes,* celle-ci précède immédiatement « Le dernier problème », qui est en position finale.

My hand has been forced, however, by the recent letters in which Colonel James Moriarty defends the memory of his brother, and I have no choice but to lay the facts before the public exactly as they occurred. I alone know the absolute truth of the matter, and I am satisfied that the time has come when no good purpose is to be served by its suppression. As far as I know, there have been only three accounts in the public press: that in the *Journal de Genève* on May 6th, 1891, the Reuter's dispatch in the English papers on May 7th, and finally the recent letters to which I have alluded. Of these the first and second were extremely condensed, while the last is, as I shall now show, an absolute perversion of the facts. It lies with me to tell for the first time what really took place between Professor Moriarty and Mr. Sherlock Holmes.

It may be remembered that after my marriage, and my subsequent start in private practice, the very intimate relations which had existed between Holmes and myself became to some extent modified.

Cependant, les lettres récentes où le colonel James Moriarty[1] défend la mémoire de son frère me forcent la main : je n'ai d'autre choix que d'exposer au public les faits, exactement comme ils se sont déroulés. Je suis le seul à connaître toute la vérité sur cette affaire et j'ai la conviction que le moment est venu où se taire reviendrait à desservir une bonne cause. À ma connaissance, on n'en a parlé que trois fois dans la presse : dans le *Journal de Genève* du 6 mai 1891, dans la dépêche de Reuters publiée dans les journaux anglais du 7 mai, et enfin dans les récentes lettres auxquelles j'ai fait allusion. Il s'agissait, les deux premières fois, de textes extrêmement succincts ; quant au dernier texte, il s'agit, comme je vais le montrer maintenant, d'une manipulation totale des faits. Il m'appartient de raconter pour la première fois ce qui s'est réellement passé entre le professeur Moriarty et Mr. Sherlock Holmes.

On se rappelle peut-être qu'après mon mariage, et mon installation, ensuite, dans un cabinet médical, les relations très amicales qui avaient existé entre Holmes et moi se sont transformées dans une certaine mesure.

1. Ici se pose un petit problème de cohérence. Dans « Le dernier problème », le professeur Moriarty n'a pas de prénom. Et dans la première nouvelle du recueil suivant, « La maison vide », il porte le prénom de James, celui-là même qui est attribué ici à son frère, le colonel.

He still came to me from time to time when he desired a companion in his investigations, but these occasions grew more and more seldom, until I find that in the year 1890 there were only three cases of which I retain any record. During the winter of that year and the early spring of 1891, I saw in the papers that he had been engaged by the French government upon a matter of supreme importance, and I received two notes from Holmes, dated from Narbonne and from Nîmes, from which I gathered that his stay in France was likely to be a long one. It was with some surprise, therefore, that I saw him walk into my consulting-room upon the evening of April 24th. It struck me that he was looking even paler and thinner than usual.

"Yes, I have been using myself up rather too freely," he remarked, in answer to my look rather than to my words; "I have been a little pressed of late. Have you any objection to my closing your shutters?"

The only light in the room came from the lamp upon the table at which I had been reading. Holmes edged his way round the wall, and, flinging the shutters together, he bolted them securely.

"You are afraid of something?" I asked.

"Well, I am."

"Of what?"

"Of air-guns."

"My dear Holmes, what do you mean?"

Il venait encore me voir de temps à autre, lorsqu'il avait besoin d'un compagnon pour ses enquêtes, mais ces occasions sont devenues de plus en plus rares, si bien que je m'aperçois que, pour l'année 1890, seules trois affaires ont fait l'objet de notes. Pendant l'hiver de cette année-là et le début du printemps de 1891, je vis dans les journaux que Holmes avait été chargé par le gouvernement français d'un dossier particulièrement important et je reçus de lui deux petites notes, postées de Narbonne et de Nîmes, dont je déduisis que son séjour en France allait vraisemblablement durer longtemps. C'est donc avec un certain étonnement que je le vis entrer dans ma salle de consultation, le soir du 24 avril. Je remarquai qu'il paraissait encore plus pâle et plus maigre que d'habitude.

« Oui, je me suis un peu trop dépensé, dit-il, en répondant plus à mon regard qu'à mes paroles. J'ai été plutôt sous pression, ces derniers temps. Cela vous dérangerait-il que je ferme vos volets ? »

Il n'y avait d'autre lumière dans la pièce que ma lampe de bureau qui me servait pour lire. Holmes se glissa le long du mur et rapprocha vivement les volets pour les fermer solidement.

« Vous avez peur de quelque chose ? lui demandai-je.

— Eh bien, oui.

— De quoi ?

— Des fusils à air comprimé.

— Que voulez-vous dire, mon cher Holmes ?

"I think that you know me well enough, Watson, to understand that I am by no means a nervous man. At the same time, it is stupidity rather than courage to refuse to recognize danger when it is close upon you. Might I trouble you for a match?" He drew in the smoke of his cigarette as if the soothing influence was grateful to him.

"I must apologize for calling so late," said he, "and I must further beg you to be so unconventional as to allow me to leave your house presently by scrambling over your back garden wall."

"But what does it all mean?" I asked.

He held out his hand, and I saw in the light of the lamp that two of his knuckles were burst and bleeding.

"It's not an airy nothing, you see," said he, smiling. "On the contrary, it is solid enough for a man to break his hand over. Is Mrs. Watson in?"

"She is away upon a visit."

"Indeed! You are alone?"

"Quite."

"Then it makes it the easier for me to propose that you should come away with me for a week to the Continent."

"Where?"

"Oh, anywhere. It's all the same to me."

— Je crois que vous me connaissez suffisamment, Watson, pour savoir que je ne suis absolument pas peureux. D'un autre côté, refuser de reconnaître le danger lorsqu'il est proche de vous, c'est faire preuve de stupidité plutôt que de courage. Puis-je vous demander une allumette ? » Il aspira la fumée de sa cigarette, comme si son influence apaisante lui faisait du bien.

« Je vous prie de bien vouloir m'excuser, si je viens vous voir si tard, dit-il. Et aussi de bien vouloir, au mépris des conventions, m'autoriser à quitter bientôt votre maison en escaladant le mur arrière de votre jardin.

— Mais que signifie tout cela ? » demandai-je.

Il tendit sa main vers moi et, à la lumière de la lampe, je vis que deux de ses articulations étaient brisées et saignaient.

« Ce n'est pas du vent, cela, voyez-vous, dit-il en souriant. Au contraire, c'est assez consistant pour briser la main d'un homme. Mrs. Watson est-elle là ?

— Elle est partie ; elle est en visite.

— Vraiment ! Vous êtes seul ?

— Tout à fait seul.

— Alors, il m'est plus facile de vous proposer de partir avec moi sur le continent, pour y passer une semaine.

— Où cela ?

— Oh, n'importe où. Ça m'est égal. »

There was something very strange in all this. It was not Holmes's nature to take an aimless holiday, and something about his pale, worn face told me that his nerves were at their highest tension. He saw the question in my eyes, and, putting his finger-tips together and his elbows upon his knees, he explained the situation.

"You have probably never heard of Professor Moriarty?" said he.

"Never."

"Ay, there's the genius and the wonder of the thing!" he cried. "The man pervades London, and no one has heard of him. That's what puts him on a pinnacle in the records of crime. I tell you Watson, in all seriousness, that if I could beat that man, if I could free society of him, I should feel that my own career had reached its summit, and I should be prepared to turn to some more placid line in life. Between ourselves, the recent cases in which I have been of assistance to the royal family of Scandinavia, and to the French republic, have left me in such a position that I could continue to live in the quiet fashion which is most congenial to me, and to concentrate my attention upon my chemical researches. But I could not rest, Watson, I could not sit quiet in my chair, if I thought that such a man as Professor Moriarty were walking the streets of London unchallenged."

Il y avait quelque chose de très étrange dans tout cela. Il n'était pas dans la nature de Holmes de prendre des vacances sans but précis. Et quelque chose dans la pâleur et la crispation de son visage me disait que ses nerfs étaient soumis à une tension maximale. Il vit dans mes yeux une question et, réunissant les extrémités de ses doigts et posant ses coudes sur ses genoux, il m'expliqua la situation.

« Vous n'avez probablement jamais entendu parler du professeur Moriarty ? me dit-il.

— Jamais.

— Eh oui ! Voilà le côté génial et stupéfiant de l'affaire ! s'écria-t-il. L'homme est partout dans Londres et personne n'a entendu parler de lui. C'est ce qui le place au sommet, dans l'histoire du crime. Watson, je vous le dis très sérieusement : si je pouvais vaincre cet homme, si je pouvais en débarrasser la société, j'aurais l'impression d'avoir atteint le point d'orgue de ma carrière et je serais prêt à me tourner vers une occupation plus tranquille. Entre nous, les affaires récentes où j'ai aidé la famille royale de Scandinavie et la République française m'ont mis dans une situation matérielle telle que je pourrais continuer à vivre paisiblement, de la manière que j'apprécie le plus, en accordant toute mon attention à mes recherches en chimie. Mais je ne pourrais demeurer en repos, Watson, je ne pourrais rester tranquille dans mon fauteuil, si je savais qu'un homme comme le professeur Moriarty se promène en toute impunité dans les rues de Londres.

"What has he done, then?"

"His career has been an extraordinary one. He is a man of good birth and excellent education, endowed by nature with a phenomenal mathematical faculty. At the age of twenty-one he wrote a treatise upon the binomial theorem, which has had a European vogue. On the strength of it he won the mathematical chair at one of our smaller universities, and had, to all appearances, a most brilliant career before him. But the man had hereditary tendencies of the most diabolical kind. A criminal strain ran in his blood, which, instead of being modified, was increased and rendered infinitely more dangerous by his extraordinary mental powers. Dark rumours gathered round him in the university town, and eventually he was compelled to resign his chair and to come down to London, where he set up as an army coach. So much is known to the world, but what I am telling you now is what I have myself discovered.

"As you are aware, Watson, there is no one who knows the higher criminal world of London so well as I do.

— Qu'a-t-il donc fait ?

— Sa carrière est extraordinaire. C'est un homme de bonne famille, qui a reçu une excellente formation intellectuelle et que la nature a gratifié de dons phénoménaux en mathématiques. À l'âge de vingt et un ans, il a écrit un traité sur le binôme de Newton[1] qui a connu un certain succès en Europe. Grâce à cela, il a obtenu une chaire de mathématiques dans l'une de nos universités de second rang ; et, selon toute apparence, il avait devant lui une carrière tout à fait brillante. Mais cet homme avait des tendances héréditaires d'une nature particulièrement diabolique. Il y avait, dans son sang, un penchant criminel qui, au lieu de se corriger, s'est développé pour devenir encore plus dangereux, du fait de ses capacités mentales exceptionnelles. De sinistres rumeurs se sont répandues sur son compte dans sa ville universitaire, si bien qu'il a été contraint de démissionner de sa chaire et de venir à Londres où il s'est installé comme professeur particulier préparant aux écoles militaires. Voilà ce que l'on sait de lui en général, mais ce que je vais vous dire maintenant, c'est ce que j'ai découvert par mes propres moyens.

« Comme vous le savez, Watson, personne ne connaît mieux que moi l'élite du monde du crime à Londres.

1. Cette formule, proposée par le physicien et mathématicien anglais Isaac Newton (1642-1727), donne le développement de $(x+y)^n$.

For years past I have continually been conscious of some power behind the malefactor, some deep organizing power which forever stands in the way of the law, and throws its shield over the wrong-doer. Again and again in cases of the most varying sorts–forgery cases, robberies, murders–I have felt the presence of this force, and I have deduced its action in many of those undiscovered crimes in which I have not been personally consulted. For years I have endeavoured to break through the veil which shrouded it, and at last the time came when I seized my thread and followed it, until it led me, after a thousand cunning windings, to ex-Professor Moriarty, of mathematical celebrity.

"He is the Napoleon of crime, Watson. He is the organizer of half that is evil and of nearly all that is undetected in this great city. He is a genius, a philosopher, an abstract thinker. He has a brain of the first order. He sits motionless, like a spider in the centre of its web, but that web has a thousand radiations, and he knows well every quiver of each of them. He does little himself. He only plans. But his agents are numerous and splendidly organized. Is there a crime to be done, a paper to be abstracted, we will say, a house to be rifled, a man to be removed–the word is passed to the professor, the matter is organized and carried out.

Depuis des années, j'ai toujours eu conscience d'une puissance cachée derrière le malfaiteur, d'une puissance dotée d'une organisation profonde qui toujours fait obstacle à la justice et interpose son bouclier pour protéger le coupable. À plusieurs reprises, dans des affaires de natures très diverses – qu'il s'agisse de faux, de vols, de meurtres –, j'ai senti la présence de cette force et j'en ai compris le rôle dans bien des crimes non élucidés pour lesquels je n'ai pas été personnellement consulté. Pendant des années, j'ai essayé de percer le voile qui l'entourait. Et enfin le jour est arrivé où j'ai saisi mon fil et l'ai suivi ; il m'a conduit, après mille détours pleins de ruse, jusqu'à l'ancien professeur Moriarty, le célèbre mathématicien.

« C'est le Napoléon du crime, Watson. C'est lui qui organise la moitié des mauvais coups et presque la totalité de ce qui échappe à la police dans cette grande ville. C'est un génie, un philosophe, un penseur abstrait. Il possède un cerveau de premier ordre. Il se tient immobile, comme une araignée au cœur de sa toile, mais cette toile est constituée d'un millier de fils dont il reconnaît chaque vibration. Il agit peu par lui-même. Il se contente de concevoir des plans. Mais ses agents sont nombreux et remarquablement organisés. Y a-t-il une mauvaise action à commettre, disons un document à dérober, une maison à dévaliser, un homme à faire disparaître ? On fait passer l'information au professeur, l'affaire est organisée puis exécutée.

The agent may be caught. In that case money is found for his bail or his defence. But the central power which uses the agent is never caught–never so much as suspected. This was the organization which I deduced, Watson, and which I devoted my whole energy to exposing and breaking up.

"But the professor was fenced round with safeguards so cunningly devised that, do what I would, it seemed impossible to get evidence which would convict in a court of law. You know my powers, my dear Watson, and yet at the end of three months I was forced to confess that I had at last met an antagonist who was my intellectual equal. My horror at his crimes was lost in my admiration at his skill. But at last he made a trip–only a little, little trip–but it was more than he could afford, when I was so close upon him. I had my chance, and, starting from that point, I have woven my net round him until now it is all ready to close. In three days–that is to say, on Monday next–matters will be ripe, and the professor, with all the principal members of his gang, will be in the hands of the police. Then will come the greatest criminal trial of the century, the clearing up of over forty mysteries, and the rope for all of them; but if we move at all prematurely,

Il se peut que l'agent se fasse prendre. Dans ce cas-là, on trouve de l'argent pour sa caution et pour sa défense. Mais le pouvoir central qui utilise cet agent n'est jamais pris... jamais soupçonné, même. Voilà l'organisation dont j'ai déduit l'existence, Watson, et j'ai consacré toute mon énergie à la démasquer et à la détruire.

« Mais le professeur était entouré de protections si habilement conçues que, malgré tous mes efforts, il me paraissait impossible d'obtenir des preuves convaincantes pour une cour de justice. Vous connaissez mes facultés, mon cher Watson, et pourtant, au bout de trois mois, il m'a bien fallu reconnaître que j'avais enfin rencontré un adversaire qui, intellectuellement, était mon égal. L'horreur que m'inspiraient ses crimes se perdait dans l'admiration que j'avais pour son habileté. Cependant, il a fait finalement un faux pas, rien qu'un petit, un tout petit faux pas ; mais il ne pouvait guère se le permettre, alors que j'étais si près de le tenir. J'avais là ma chance. Et à partir de là, j'ai tissé mon filet autour de lui, au point que maintenant, il est tout à fait prêt à se refermer. Dans trois jours, c'est-à-dire lundi prochain, la situation sera mûre, et le professeur sera entre les mains de la police, ainsi que tous les principaux membres de sa bande. Alors s'ouvrira le plus grand procès criminel du siècle, qui élucidera plus de quarante énigmes, et ils auront tous droit à la corde. Mais, vous le comprenez bien, si nous bougeons un tant soit peu prématurément,

you understand, they may slip out of our hands even at the last moment.

"Now, if I could have done this without the knowledge of Professor Moriarty, all would have been well. But he was too wily for that. He saw every step which I took to draw my toils round him. Again and again he strove to break away, but I as often headed him off. I tell you, my friend, that if a detailed account of that silent contest could be written, it would take its place as the most brilliant bit of thrust-and-parry work in the history of detection. Never have I risen to such a height, and never have I been so hard pressed by an opponent. He cut deep, and yet I just undercut him. This morning the last steps were taken, and three days only were wanted to complete the business. I was sitting in my room thinking the matter over when the door opened and Professor Moriarty stood before me.

"My nerves are fairly proof, Watson, but I must confess to a start when I saw the very man who had been so much in my thoughts standing there on my threshold. His appearance was quite familiar to me. He is extremely tall and thin, his forehead domes out in a white curve, and his two eyes are deeply sunken in his head. He is clean-shaven, pale, and ascetic-looking, retaining something of the professor in his features.

ils peuvent nous filer entre les doigts, même à la dernière minute.

« Eh bien, si j'avais pu réaliser tout cela sans que le professeur Moriarty soit au courant, cela aurait été parfait. Mais il était bien trop malin. Il a vu toutes les initiatives que j'ai prises pour le prendre au piège. À plusieurs reprises, il a tenté de se dégager, mais moi, chaque fois, je lui ai barré la retraite. Je vous le dis, mon ami, si l'on pouvait écrire un compte rendu détaillé de ce combat silencieux, il se placerait au rang du plus brillant récit de bottes et de parades de toute l'histoire des enquêtes policières. Jamais je ne me suis élevé à un tel niveau et jamais je n'ai été aussi acculé par un adversaire. Il m'a porté des coups sévères, mais je lui en ai porté de plus sévères encore. Ce matin, j'avais mis au point les derniers détails, trois jours m'étaient nécessaires pour terminer l'affaire, pas davantage. J'étais assis dans mon bureau pour bien y réfléchir, lorsque la porte s'est ouverte sur le professeur Moriarty, qui se dressait devant moi.

« J'ai les nerfs assez solides, Watson, mais je dois avouer que j'ai sursauté quand j'ai vu l'homme, qui précisément occupait tellement mes pensées, se tenir là sur le seuil de mon domicile. Son physique m'était très familier. Il est extrêmement grand et mince. Son front bien dégagé dessine une courbe blanche et il a les yeux très enfoncés. Il est rasé de près, pâle, avec un air ascétique : ses traits gardent quelque chose qui rappelle le professeur.

His shoulders are rounded from much study, and his face protrudes forward and is forever slowly oscillating from side to side in a curiously reptilian fashion. He peered at me with great curiosity in his puckered eyes.

" 'You have less frontal development than I should have expected,' said he at last. 'It is a dangerous habit to finger loaded firearms in the pocket of one's dressing-gown.'

"The fact is that upon his entrance I had instantly recognized the extreme personal danger in which I lay. The only conceivable escape for him lay in silencing my tongue. In an instant I had slipped the revolver from the drawer into my pocket and was covering him through the cloth. At his remark I drew the weapon out and laid it cocked upon the table. He still smiled and blinked, but there was something about his eyes which made me feel very glad that I had it there.

" 'You evidently don't know me,' said he.

" 'On the contrary,' I answered, 'I think it is fairly evident that I do. Pray take a chair. I can spare you five minutes if you have anything to say.'

Ses épaules sont voûtées par l'étude. Son visage est penché en avant et oscille sans cesse d'un côté à l'autre, à la façon d'un reptile. En plissant les yeux, il m'a regardé avec une grande curiosité.

« "Votre développement frontal[1] est moins important que je ne l'aurais cru, dit-il enfin. C'est une dangereuse habitude que de tripoter des armes à feu chargées dans la poche de sa robe de chambre."

« De fait, dès son entrée, j'avais tout de suite compris le danger extrême que je courais. La seule parade concevable pour lui, c'était de me réduire au silence. En un instant, j'avais sorti le revolver du tiroir pour le glisser dans ma poche et, à travers le tissu, je le tenais en joue. En entendant cette remarque, j'ai sorti l'arme et l'ai posée, chargée, sur le bureau. Il a continué de sourire et de cligner des yeux, mais dans son regard il y avait quelque chose qui me donnait une grande satisfaction de l'avoir là à ma disposition.

« "Il est évident que vous ne me connaissez pas, dit-il.

« — Au contraire, répondis-je. Je crois qu'il est assez évident que si. Je vous en prie, asseyez-vous. Je peux vous accorder cinq minutes, si vous avez quelque chose à me dire.

1. Cette remarque semble inspirée par la phrénologie, une pseudo-science de l'époque qui prétendait déterminer la personnalité d'un individu à partir des caractéristiques de sa boîte crânienne.

" 'All that I have to say has already crossed your mind,' said he.

" 'Then possibly my answer has crossed yours,' I replied.

" 'You stand fast?'

" 'Absolutely.'

"He clapped his hand into his pocket, and I raised the pistol from the table. But he merely drew out a memorandum-book in which he had scribbled some dates.

" 'You crossed my path on the fourth of January,' said he. 'On the twenty-third you incommoded me; by the middle of February I was seriously inconvenienced by you; at the end of March I was absolutely hampered in my plans; and now, at the close of April, I find myself placed in such a position through your continual persecution that I am in positive danger of losing my liberty. The situation is becoming an impossible one.'

" 'Have you any suggestion to make?' I asked.

" 'You must drop it, Mr. Holmes,' said he, swaying his face about. 'You really must, you know.'

" 'After Monday,' said I.

" 'Tut, tut!' said he. 'I am quite sure that a man of your intelligence will see that there can be but one outcome to this affair. It is necessary that you should withdraw. You have worked things in such a fashion that we have only one resource left.

« — Tout ce que j'ai à vous dire vous a déjà traversé l'esprit, dit-il.

« — Alors, il se peut que ma réponse ait aussi traversé le vôtre, répondis-je.

« — Vous restez ferme ?

« — Tout à fait."

« Il fourra la main dans sa poche et je pris le revolver sur le bureau. Mais il en sortit seulement un petit agenda où il avait griffonné quelques dates.

« "Vous vous êtes mis en travers de mon chemin le 4 janvier, dit-il. Le 23, vous m'avez dérangé ; à la mi-février, vous m'avez sérieusement gêné ; fin mars, vous avez littéralement entravé mes plans ; et maintenant, en cette fin avril, à cause de votre persécution continuelle, je me retrouve dans une situation où je risque réellement de perdre ma liberté. Cela devient intenable !

« — Avez-vous une proposition à me faire ? demandai-je.

« — Il faut arrêter ça, Mr. Holmes, dit-il en balançant son visage de-ci, de-là. Il le faut absolument, vous savez.

« — Après lundi, dis-je.

« — Ta, ta, ta ! Je suis bien sûr qu'un homme de votre intelligence comprend qu'il ne peut y avoir qu'une seule issue à cette affaire. Votre retrait est nécessaire. Vous avez opéré de telle façon qu'il ne nous reste plus qu'une seule solution.

It has been an intellectual treat to me to see the way in which you have grappled with this affair, and I say, unaffectedly, that it would be a grief to me to be forced to take any extreme measure. You smile, sir, but I assure you that it really would.'

" 'Danger is part of my trade,' I remarked.

" 'This is not danger,' said he. 'It is inevitable destruction. You stand in the way not merely of an individual but of a mighty organization, the full extent of which you, with all your cleverness, have been unable to realize. You must stand clear, Mr. Holmes, or be trodden under foot.'

" 'I am afraid,' said I, rising, 'that in the pleasure of this conversation I am neglecting business of importance which awaits me elsewhere.'

"He rose also and looked at me in silence, shaking his head sadly.

" 'Well, well,' said he at last. 'It seems a pity, but I have done what I could. I know every move of your game. You can do nothing before Monday. It has been a duel between you and me, Mr. Holmes. You hope to place me in the dock. I tell you that I will never stand in the dock. You hope to beat me. I tell you that you will never beat me. If you are clever enough to bring destruction upon me, rest assured that I shall do as much to you.'

J'ai éprouvé un grand plaisir intellectuel à voir la façon dont vous vous êtes attaqué à cette affaire, et je vous le dis franchement, cela me ferait de la peine d'être obligé de prendre une mesure extrême. Vous souriez, monsieur, mais je vous assure que c'est vrai.

« — Le danger fait partie de mon métier, dis-je.

« — Il ne s'agit pas d'un danger, dit-il, mais d'une destruction inévitable. Vous faites obstacle non seulement à un individu, mais à une puissante organisation, dont vous n'avez pas compris toute l'étendue, en dépit de votre intelligence brillante. Écartez-vous, Mr. Holmes, sinon, vous allez être piétiné.

« — J'ai bien peur, dis-je en me levant, que le plaisir de cette conversation me fasse oublier une affaire d'importance qui m'attend ailleurs."

« Il se leva aussi et me regarda en silence, en hochant la tête tristement.

« "Bon, bon, dit-il enfin. C'est dommage, apparemment, mais j'ai fait ce que j'ai pu. Je connais tous les mouvements de votre jeu. Vous ne pouvez rien faire avant lundi. Il s'agit d'un duel entre vous et moi, Mr. Holmes. Vous espérez me placer dans le box des accusés. Je vous le dis : je n'y serai jamais. Vous espérez me vaincre. Je vous le dis : vous n'y parviendrez jamais. Si vous êtes assez intelligent pour causer ma destruction, vous pouvez être sûr que moi, je vous réserve le même sort.

" 'You have paid me several compliments, Mr. Moriarty,' said I. 'Let me pay you one in return when I say that if I were assured of the former eventuality I would, in the interests of the public, cheerfully accept the latter.'

" 'I can promise you the one, but not the other,' he snarled, and so turned his rounded back upon me and went peering and blinking out of the room.

"That was my singular interview with Professor Moriarty. I confess that it left an unpleasant effect upon my mind. His soft, precise fashion of speech leaves a conviction of sincerity which a mere bully could not produce. Of course, you will say: 'Why not take police precautions against him?' The reason is that I am well convinced that it is from his agents the blow would fall. I have the best of proofs that it would be so."

"You have already been assaulted?"

"My dear Watson, Professor Moriarty is not a man who lets the grass grow under his feet. I went out about midday to transact some business in Oxford Street. As I passed the corner which leads from Bentinck Street on to the Welbeck Street crossing a two-horse van furiously driven whizzed round and was on me like a flash. I sprang for the foot-path and saved myself by the fraction of a second.

« — Vous m'avez fait plusieurs compliments, Mr. Moriarty, dis-je. Laissez-moi vous en adresser un, pour vous payer de retour : si j'étais sûr de la première éventualité, j'accepterais volontiers la seconde, dans l'intérêt du public.

« — Je peux vous en promettre une, mais pas l'autre", grogna-t-il, et là-dessus, il me tourna son dos voûté et quitta la pièce, avec ses yeux scrutateurs à demi fermés.

« Voilà ce que fut ma rencontre surprenante avec le professeur Moriarty. J'avoue qu'elle a produit sur mon esprit un effet déplaisant. Sa façon de parler, douce et précise, laisse une impression de sincérité qu'un simple butor n'aurait pas pu donner. Bien sûr, vous allez me dire : "Pourquoi ne pas faire appel à la police pour se protéger de lui ?" Parce que j'ai la ferme conviction que le coup viendra de ses agents. J'en ai la meilleure des preuves.

— Vous avez déjà été attaqué ?

— Mon cher Watson, le professeur Moriarty n'est pas homme à laisser l'herbe pousser sous ses pieds. Je suis sorti à la mi-journée pour m'occuper d'une affaire dans Oxford Street. Lorsque j'ai traversé le passage piéton entre Bentinck Street et Welbeck Street, un fourgon tiré par deux chevaux et mené à une allure folle a surgi comme l'éclair au détour de la rue pour foncer sur moi. J'ai sauté sur le trottoir et j'ai échappé à la mort d'une fraction de seconde.

The van dashed round by Marylebone Lane and was gone in an instant. I kept to the pavement after that, Watson, but as I walked down Vere Street a brick came down from the roof of one of the houses and was shattered to fragments at my feet. I called the police and had the place examined. There were slates and bricks piled up on the roof preparatory to some repairs, and they would have me believe that the wind had toppled over one of these. Of course I knew better, but I could prove nothing. I took a cab after that and reached my brother's rooms in Pall Mall, where I spent the day. Now I have come round to you, and on my way I was attacked by a rough with a bludgeon. I knocked him down, and the police have him in custody; but I can tell you with the most absolute confidence that no possible connection will ever be traced between the gentleman upon whose front teeth I have barked my knuckles and the retiring mathematical coach, who is, I daresay, working out problems upon a black-board ten miles away. You will not wonder, Watson, that my first act on entering your rooms was to close your shutters, and that I have been compelled to ask your permission to leave the house by some less conspicuous exit than the front door."

I had often admired my friend's courage, but never more than now,

Le fourgon a tourné pour s'engouffrer dans Marylebone Lane et a disparu en un instant. Après cela, Watson, je suis resté sur le trottoir, mais tandis que je marchais dans Vere Street, une brique est tombée du toit de l'une des maisons pour s'écraser à mes pieds. J'ai appelé la police afin de faire examiner les lieux. Il y avait sur le toit des ardoises et des briques empilées en vue de travaux de réparation et ils ont voulu me faire croire que le vent en avait fait tomber une. Bien sûr, je savais qu'il n'en était rien, mais je ne pouvais pas le prouver. Après cela, j'ai pris un fiacre pour aller chez mon frère à Pall Mall, où j'ai passé la journée. Maintenant, je suis chez vous, mais en chemin, j'ai été attaqué par un voyou armé d'une matraque. D'un coup de poing, je l'ai flanqué par terre et la police l'a mis sous les verrous. Mais je peux vous le déclarer en toute confiance : on ne verra jamais le lien possible entre ce monsieur dont les dents de devant m'ont éraflé les poings et le discret professeur de mathématiques qui, j'imagine, est occupé à résoudre des problèmes sur un tableau noir à une quinzaine de kilomètres d'ici. Vous ne serez donc pas surpris, Watson, si mon premier geste, en entrant chez vous, a été de fermer les volets, et si j'ai dû vous demander l'autorisation de quitter la maison par une sortie moins voyante que la porte d'entrée. »

J'avais souvent admiré le courage de mon ami, mais jamais autant qu'en ce moment,

as he sat quietly checking off a series of incidents which must have combined to make up a day of horror.

"You will spend the night here?" I said.

"No, my friend, you might find me a dangerous guest. I have my plans laid, and all will be well. Matters have gone so far now that they can move without my help as far as the arrest goes, though my presence is necessary for a conviction. It is obvious, therefore, that I cannot do better than get away for the few days which remain before the police are at liberty to act. It would be a great pleasure to me, therefore, if you could come on to the Continent with me."

"The practice is quiet," said I, "and I have an accommodating neighbour. I should be glad to come."

"And to start to-morrow morning?"

"If necessary."

"Oh, yes, it is most necessary. Then these are your instructions, and I beg, my dear Watson, that you will obey them to the letter, for you are now playing a double-handed game with me against the cleverest rogue and the most powerful syndicate of criminals in Europe. Now listen! You will dispatch whatever luggage you intend to take by a trusty messenger unaddressed to Victoria to-night.

où il était assis à énumérer tranquillement une série d'incidents qui avaient dû se combiner pour constituer une journée horrible.

« Vous allez passer la nuit ici ? demandai-je.

— Non, mon ami. Vous pourriez vous apercevoir que je suis un invité dangereux. J'ai établi mes plans et tout se passera bien. L'engrenage est d'ores et déjà si bien enclenché que tout peut se dérouler sans moi, pour ce qui est de l'arrestation, mais ma présence sera nécessaire pour sa condamnation. Il est donc évident que je n'ai rien de mieux à faire que m'éloigner les quelques jours qu'il faudra à la police pour agir. Vous me feriez donc un grand plaisir en m'accompagnant sur le continent.

— Mon cabinet est bien tranquille, dis-je, et j'ai un voisin complaisant. Je serais heureux d'y aller.

— Et de partir demain matin ?

— Si nécessaire.

— Oh, oui, c'est tout à fait nécessaire. Alors, mon cher Watson, voici vos instructions, et je vous prie de les suivre à la lettre, car désormais vous êtes engagé avec moi dans un double contre le coquin le plus habile et l'organisation criminelle la plus puissante d'Europe. À présent, écoutez bien ! Vous ferez porter ce soir à Victoria[1], par un commissionnaire de confiance, les bagages que vous souhaitez prendre, sans indiquer la moindre adresse.

1. C'est de la gare Victoria que partent les trains à destination du continent.

In the morning you will send for a hansom, desiring your man to take neither the first nor the second which may present itself. Into this hansom you will jump, and you will drive to the Strand end of the Lowther Arcade, handing the address to the cabman upon a slip of paper, with a request that he will not throw it away. Have your fare ready, and the instant that your cab stops, dash through the Arcade, timing yourself to reach the other side at a quarter-past nine. You will find a small brougham waiting close to the curb, driven by a fellow with a heavy black cloak tipped at the collar with red. Into this you will step, and you will reach Victoria in time for the Continental express."

"Where shall I meet you?"

"At the station. The second first-class carriage from the front will be reserved for us."

"The carriage is our rendezvous, then?"

"Yes."

It was in vain that I asked Holmes to remain for the evening. It was evident to me that he thought he might bring trouble to the roof he was under, and that that was the motive which impelled him to go. With a few hurried words as to our plans for the morrow he rose and came out with me into the garden,

Demain matin, vous ferez venir un fiacre, en prenant bien soin de demander à votre domestique de ne choisir ni le premier ni le deuxième qui se présenteront. Vous sauterez dans ce fiacre et vous vous ferez conduire jusqu'à l'extrémité du bazar de Lowther Arcade qui donne sur le Strand. Vous remettrez l'adresse au cocher sur un bout de papier, en lui demandant de ne pas le jeter. Préparez votre monnaie pour la course et, à l'instant où le fiacre s'arrêtera, traversez l'Arcade en vitesse, en calculant bien votre temps pour arriver à l'autre extrémité à neuf heures et quart. Là, vous trouverez, arrêté près du trottoir, un petit coupé conduit par un cocher portant une lourde cape noire avec un galon rouge au col. Vous y monterez et vous arriverez à Victoria à temps pour prendre le Continental express.

— Où vous retrouverai-je ?

— À la gare. Le deuxième compartiment de première classe à partir de la tête du train nous sera réservé.

— C'est donc là que nous avons rendez-vous ?

— Oui. »

Ce fut en vain que je demandai à Holmes de rester passer la soirée chez moi. Il était évident qu'il redoutait d'attirer le malheur dans la maison où il se trouvait et qu'il se sentait contraint en conséquence de s'en éloigner pour cette raison. Après quelques mots rapides sur nos plans pour le lendemain, il se leva et sortit avec moi dans le jardin :

clambering over the wall which leads into Mortimer Street, and immediately whistling for a hansom, in which I heard him drive away.

In the morning I obeyed Holmes's injunctions to the letter. A hansom was procured with such precautions as would prevent its being one which was placed ready for us, and I drove immediately after breakfast to the Lowther Arcade, through which I hurried at the top of my speed. A brougham was waiting with a very massive driver wrapped in a dark cloak, who, the instant that I had stepped in, whipped up the horse and rattled off to Victoria Station. On my alighting there he turned the carriage, and dashed away again without so much as a look in my direction.

So far all had gone admirably. My luggage was waiting for me, and I had no difficulty in finding the carriage which Holmes had indicated, the less so as it was the only one in the train which was marked "Engaged." My only source of anxiety now was the non-appearance of Holmes. The station clock marked only seven minutes from the time when we were due to start. In vain I searched among the groups of travellers and leave-takers for the lithe figure of my friend. There was no sign of him. I spent a few minutes in assisting a venerable Italian priest,

il escalada le mur donnant sur Mortimer Street et siffla aussitôt un fiacre dans lequel je l'entendis s'éloigner.

Le lendemain matin, je suivis à la lettre les ordres de Holmes. On me procura un fiacre avec beaucoup de précautions, afin d'éviter que ce fût celui qu'on nous destinait, et, juste après le petit déjeuner, je me fis conduire à Lowther Arcade, que je traversai aussi vite que je le pus. Un coupé attendait, avec un cocher très massif enveloppé dans une cape noire. À l'instant même où je montai, il fouetta le cheval et partit avec fracas en direction de la gare Victoria. Une fois à destination, lorsque je fus descendu, il fit faire demi-tour à son véhicule et repartit à toute allure, sans même jeter un regard dans ma direction.

Jusque-là, tout s'était passé admirablement. Mes bagages m'attendaient et je n'eus aucune difficulté à trouver le compartiment que Holmes m'avait indiqué, d'autant que c'était le seul de tout le train à porter l'étiquette « Réservé ». Ma seule inquiétude désormais venait du fait que Holmes ne se présentait pas. L'horloge de la gare indiquait qu'il ne restait plus que sept minutes avant l'heure du départ du train. Je cherchai vainement, dans les groupes formés par les voyageurs et ceux qui étaient venus leur dire au revoir, la silhouette élancée de mon ami. Aucun signe de lui. Je passai quelques minutes à aider un vénérable prêtre italien,

who was endeavouring to make a porter understand, in his broken English, that his luggage was to be booked through to Paris. Then, having taken another look round, I returned to my carriage, where I found that the porter, in spite of the ticket, had given me my decrepit Italian friend as a travelling companion. It was useless for me to explain to him that his presence was an intrusion, for my Italian was even more limited than his English, so I shrugged my shoulders resignedly, and continued to look out anxiously for my friend. A chill of fear had come over me, as I thought that his absence might mean that some blow had fallen during the night. Already the doors had all been shut and the whistle blown, when--

"My dear Watson," said a voice, "you have not even condescended to say good-morning."

I turned in uncontrollable astonishment. The aged ecclesiastic had turned his face towards me. For an instant the wrinkles were smoothed away, the nose drew away from the chin, the lower lip ceased to protrude and the mouth to mumble, the dull eyes regained their fire, the drooping figure expanded. The next the whole frame collapsed again, and Holmes had gone as quickly as he had come.

"Good heavens!" I cried, "how you startled me!"

qui essayait dans son mauvais anglais de faire comprendre à un porteur que ses bagages devaient être enregistrés jusqu'à Paris. Puis, après un dernier regard alentour, je retournai à mon compartiment, où je découvris que, malgré l'étiquette, le porteur m'avait attribué comme compagnon de voyage mon ami, le vieil Italien. Il était inutile de tenter de lui expliquer que sa présence constituait une intrusion, car mon italien était encore plus limité que son anglais. Alors, je haussai les épaules avec résignation et continuai de guetter mon ami avec impatience. Un frisson de crainte me saisit lorsque je m'avisai que son absence pouvait signifier qu'un coup lui avait été porté pendant la nuit. Déjà les portières avaient été fermées et le coup de sifflet avait été donné, lorsque…

« Mon cher Watson, dit une voix, vous n'avez même pas daigné me dire bonjour. »

Je me retournai, en proie à un étonnement sans bornes. Le vieil ecclésiastique avait tourné son visage vers moi. Immédiatement, les rides s'effacèrent, le nez s'éloigna du menton, la lèvre inférieure cessa de dépasser et la bouche de marmonner, les yeux ternes retrouvèrent leur ardeur et la silhouette affalée se redressa. L'instant suivant, le corps s'effondra de nouveau, et Holmes disparut aussi vite qu'il était apparu.

« Grand Dieu ! m'écriai-je, comme vous m'avez effrayé !

"Every precaution is still necessary," he whispered. "I have reason to think that they are hot upon our trail. Ah, there is Moriarty himself."

The train had already begun to move as Holmes spoke. Glancing back, I saw a tall man pushing his way furiously through the crowd, and waving his hand as if he desired to have the train stopped. It was too late, however, for we were rapidly gathering momentum, and an instant later had shot clear of the station.

"With all our precautions, you see that we have cut it rather fine," said Holmes, laughing. He rose, and throwing off the black cassock and hat which had formed his disguise, he packed them away in a hand-bag.

"Have you seen the morning paper, Watson?"

"No."

"You haven't seen about Baker Street, then?"

"Baker Street?"

"They set fire to our rooms last night. No great harm was done."

"Good heavens, Holmes, this is intolerable!"

"They must have lost my track completely after their bludgeonman was arrested. Otherwise they could not have imagined that I had returned to my rooms. They have evidently taken the precaution of watching you, however,

— Toutes les précautions sont encore nécessaires, me dit-il à mi-voix. J'ai des raisons de penser qu'ils nous suivent de très près. Tenez, voici Moriarty en personne. »

Tandis que Holmes me parlait, le train avait déjà commencé à s'ébranler. En jetant un coup d'œil en arrière, je vis un homme de grande taille qui se frayait furieusement un chemin dans la foule et agitait la main, comme s'il désirait faire arrêter le train. Toutefois, c'était trop tard, car nous prenions rapidement de la vitesse et, l'instant d'après, nous avions quitté la gare.

« Avec toutes nos précautions, vous voyez que nous avons assez bien réussi à prendre la fuite », dit Holmes en riant. Il se leva, retira la soutane et le chapeau noirs qui avaient constitué son déguisement, pour les ranger dans un sac de voyage.

« Avez-vous vu le journal du matin, Watson ?

— Non.

— Alors, vous n'êtes pas au courant pour Baker Street ?

— Baker Street ?

— Ils ont mis le feu à notre appartement, cette nuit. Il n'y a pas eu beaucoup de dégâts.

— Grand Dieu, Holmes ! C'est intolérable !

— Ils ont dû perdre complètement ma trace après l'arrestation de leur matraqueur. Sinon, ils n'auraient pas supposé que j'étais retourné à mon appartement. Mais ils ont manifestement pris la précaution de vous surveiller,

and that is what has brought Moriarty to Victoria. You could not have made any slip in coming?"

"I did exactly what you advised."

"Did you find your brougham?"

"Yes, it was waiting."

"Did you recognize your coachman?"

"No."

"It was my brother Mycroft. It is an advantage to get about in such a case without taking a mercenary into your confidence. But we must plan what we are to do about Moriarty now."

"As this is an express, and as the boat runs in connection with it, I should think we have shaken him off very effectively."

"My dear Watson, you evidently did not realize my meaning when I said that this man may be taken as being quite on the same intellectual plane as myself. You do not imagine that if I were the pursuer I should allow myself to be baffled by so slight an obstacle. Why, then, should you think so meanly of him?"

"What will he do?"

"What I should do."

"What would you do, then?"

"Engage a special."

"But it must be late."

et c'est ce qui a conduit Moriarty jusqu'à Victoria. Vous n'avez sûrement pas commis d'impair en venant à la gare ?

— J'ai fait exactement ce que vous m'aviez conseillé.

— Vous avez trouvé votre coupé ?

— Oui, il m'attendait.

— Avez-vous reconnu votre cocher ?

— Non.

— C'était mon frère Mycroft. Dans un cas pareil, c'est un avantage de pouvoir circuler sans avoir à mettre un mercenaire dans la confidence. Mais nous devons maintenant prévoir ce que nous allons faire avec Moriarty.

— Comme ce train est un express, et comme le bateau assure la correspondance avec lui, il me semble que nous l'avons bel et bien semé.

— Mon cher Watson, vous n'avez manifestement pas bien compris ce que je voulais dire, lorsque je vous ai déclaré que l'on pouvait considérer que cet homme était vraiment au même niveau que moi pour l'intelligence. Vous n'allez pas imaginer que si j'étais à vos trousses, je me laisserais dérouter par un obstacle aussi mince ? Alors, pourquoi avoir une si piètre opinion de lui ?

— Que va-t-il faire ?

— Ce que je ferais moi-même.

— Alors, que feriez-vous ?

— Je louerais un train spécial.

— Mais ce doit être trop tard.

"By no means. This train stops at Canterbury; and there is always at least a quarter of an hour's delay at the boat. He will catch us there."

"One would think that we were the criminals. Let us have him arrested on his arrival."

"It would be to ruin the work of three months. We should get the big fish, but the smaller would dart right and left out of the net. On Monday we should have them all. No, an arrest is inadmissible."

"What then?"

"We shall get out at Canterbury."

"And then?"

"Well, then we must make a cross-country journey to Newhaven, and so over to Dieppe. Moriarty will again do what I should do. He will get on to Paris, mark down our luggage, and wait for two days at the depot. In the meantime we shall treat ourselves to a couple of carpet-bags, encourage the manufactures of the countries through which we travel, and make our way at our leisure into Switzerland, *via* Luxembourg and Basle."

I am too old a traveller to allow myself to be seriously inconvenienced by the loss of my luggage, but I confess that I was annoyed at the idea of being forced to dodge and hide before a man whose record was black with unutterable infamies.

— Absolument pas. Notre train s'arrête à Canterbury, et il y a toujours au moins un quart d'heure de battement, au bateau. C'est là qu'il nous rattrapera.

— On pourrait croire que nous sommes les criminels. Faisons-le arrêter à son arrivée.

— Ce qui anéantirait un travail de trois mois. Ce serait capturer le gros poisson, mais les petits sauteraient hors du filet, de-ci, de-là. Lundi prochain, nous devrions les avoir tous. Non, une arrestation n'est pas envisageable.

— Que faire, alors ?

— Nous allons descendre à Canterbury.

— Et ensuite ?

— Eh bien, nous allons devoir faire une promenade dans la campagne jusqu'à Newhaven, puis traverser vers Dieppe. Une fois encore, Moriarty va faire ce que j'aurais fait. Il va se rendre à Paris, repérer nos bagages et attendre deux jours à la consigne. Pendant ce temps-là, nous allons nous offrir deux sacs de voyage, pour encourager l'industrie des pays que nous traversons, et ensuite nous rendre paisiblement en Suisse, en passant par le Luxembourg et Bâle. »

J'ai une trop longue expérience des voyages pour me laisser sérieusement contrarier par la perte de mes bagages, mais j'avoue que j'étais fâché à l'idée d'être obligé de m'esquiver et de me cacher devant un homme dont le passé était terni par autant d'indicibles infamies.

It was evident, however, that Holmes understood the situation more clearly than I did. At Canterbury, therefore, we alighted, only to find that we should have to wait an hour before we could get a train to Newhaven.

I was still looking rather ruefully after the rapidly disappearing luggage-van which contained my wardrobe, when Holmes pulled my sleeve and pointed up the line.

"Already, you see," said he.

Far away, from among the Kentish woods there rose a thin spray of smoke. A minute later a carriage and engine could be seen flying along the open curve which leads to the station. We had hardly time to take our place behind a pile of luggage when it passed with a rattle and a roar, beating a blast of hot air into our faces.

"There he goes," said Holmes, as we watched the carriage swing and rock over the points. "There are limits, you see, to our friend's intelligence. It would have been a *coup-de-maître* had he deduced what I would deduce and acted accordingly."

"And what would he have done had he overtaken us?"

"There cannot be the least doubt that he would have made a murderous attack upon me. It is, however, a game at which two may play.

Mais il était évident que Holmes percevait la situation plus clairement que moi. Nous descendîmes donc à Canterbury, mais seulement pour apprendre qu'il nous faudrait attendre une heure avant d'avoir un train pour Newhaven.

Je regardais encore avec une certaine tristesse le fourgon à bagages qui disparaissait rapidement en emportant ma garde-robe, lorsque Holmes me tira par la manche et me montra la voie ferrée.

« Déjà, vous voyez ! » me dit-il.

Dans le lointain, parmi les bois du Kent, s'élevait un petit nuage de fumée. Une minute plus tard, on pouvait voir une locomotive suivie d'une voiture s'avancer à toute vapeur sur la grande courbe qui précède la gare. Nous avions tout juste eu le temps de nous glisser derrière une pile de bagages, lorsque le train passa, au milieu de bruits métalliques et de hurlements, projetant une bouffée d'air très chaud sur notre visage.

« C'est lui, dit Holmes, en voyant la voiture ébranlée et chahutée par les aiguillages. Vous voyez, l'intelligence de notre ami a ses limites. Cela aurait été un *coup de maître**, s'il avait déduit ce que j'allais déduire et s'il avait agi en conséquence.

— Et qu'aurait-il fait, s'il nous avait rattrapés ?

— Il n'y a pas le moindre doute là-dessus : il m'aurait attaqué pour me tuer. Mais c'est une partie à laquelle on peut être deux à jouer.

* En français dans le texte.

The question now is whether we should take a premature lunch here, or run our chance of starving before we reach the buffet at Newhaven."

We made our way to Brussels that night and spent two days there, moving on upon the third day as far as Strasbourg. On the Monday morning Holmes had telegraphed to the London police, and in the evening we found a reply waiting for us at our hotel. Holmes tore it open, and then with a bitter curse hurled it into the grate.

"I might have known it!" he groaned. "He has escaped!"

"Moriarty?"

"They have secured the whole gang with the exception of him. He has given them the slip. Of course, when I had left the country there was no one to cope with him. But I did think that I had put the game in their hands. I think that you had better return to England, Watson."

"Why?"

"Because you will find me a dangerous companion now. This man's occupation is gone. He is lost if he returns to London. If I read his character right he will devote his whole energies to revenging himself upon me. He said as much in our short interview, and I fancy that he meant it.

Maintenant, la question est de savoir si nous devons déjeuner de bonne heure ici ou courir le risque de mourir de faim avant d'arriver au buffet de Newhaven. »

Ce soir-là, nous allâmes jusqu'à Bruxelles, où nous passâmes deux jours, et le troisième jour, nous continuâmes jusqu'à Strasbourg. Le matin du lundi, Holmes avait télégraphié à la police de Londres et, le soir, nous avions trouvé en réponse un télégramme qui nous attendait à l'hôtel. Holmes l'ouvrit précipitamment, puis, avec un juron bien senti, le jeta au feu.

« J'aurais dû m'en douter, gémit-il. Il s'est échappé !

— Moriarty ?

— Ils ont mis la main sur toute la bande, mais pas sur lui. Il leur a filé entre les doigts. Bien entendu, moi parti, plus personne dans le pays n'était capable de lui faire face. Mais je croyais bien leur avoir donné tous les atouts en main. Je pense que vous feriez mieux de rentrer en Angleterre, Watson.

— Pourquoi ?

— Parce que vous allez vous apercevoir que je suis désormais un compagnon dangereux. La carrière de cet homme est finie. Il est perdu s'il retourne à Londres. Si j'interprète sa personnalité correctement, il va consacrer toute son énergie à se venger de moi. C'est ce qu'il m'a dit lors de notre brève rencontre, et j'imagine qu'il le pensait réellement.

I should certainly recommend you to return to your practice."

It was hardly an appeal to be successful with one who was an old campaigner as well as an old friend. We sat in the Strasbourg *salle-à-manger* arguing the question for half an hour, but the same night we had resumed our journey and were well on our way to Geneva.

For a charming week we wandered up the valley of the Rhone, and then, branching off at Leuk, we made our way over the Gemmi Pass, still deep in snow, and so, by way of Interlaken, to Meiringen. It was a lovely trip, the dainty green of the spring below, the virgin white of the winter above; but it was clear to me that never for one instant did Holmes forget the shadow which lay across him. In the homely Alpine villages or in the lonely mountain passes, I could still tell by his quick glancing eyes and his sharp scrutiny of every face that passed us, that he was well convinced that, walk where we would, we could not walk ourselves clear of the danger which was dogging our footsteps.

Once, I remember, as we passed over the Gemmi, and walked along the border of the melancholy Daubensee,

Je dois absolument vous conseiller de retourner à vos patients. »

Cette recommandation ne pouvait guère avoir de succès auprès de quelqu'un qui était à la fois un soldat aguerri et un vieil ami. Pendant une demi-heure, nous restâmes assis à discuter la question dans la *salle à manger** de Strasbourg, mais le soir même nous avions repris notre voyage et nous étions déjà bien avancés en direction de Genève.

Pendant une semaine merveilleuse, nous remontâmes tranquillement la vallée du Rhône, puis, en bifurquant à Loèche, nous franchîmes le col de la Gemmi, encore tout enneigé, et ainsi, en passant par Interlaken, nous parvînmes à Meiringen. C'était un voyage charmant, avec au-dessous de nous le vert délicat du printemps, et au-dessus le blanc immaculé de l'hiver ; mais il était clair pour moi que, pas un instant, Holmes n'oubliait l'ombre qui planait sur son chemin. Dans les modestes villages des Alpes ou dans les cols solitaires, je pouvais toujours dire, en voyant la vivacité de son regard perçant et sa façon d'étudier de près chaque visage qui nous croisait, qu'il était convaincu que, quelle que fût notre destination, nous ne pouvions échapper au danger qui marchait sur nos talons.

Une fois, je m'en souviens, tandis que nous franchissions le col de la Gemmi et que nous longions la rive du mélancolique Daubensee,

a large rock which had been dislodged from the ridge upon our right clattered down and roared into the lake behind us. In an instant Holmes had raced up on to the ridge, and, standing upon a lofty pinnacle, craned his neck in every direction. It was in vain that our guide assured him that a fall of stones was a common chance in the springtime at that spot. He said nothing, but he smiled at me with the air of a man who sees the fulfilment of that which he had expected.

And yet for all his watchfulness he was never depressed. On the contrary, I can never recollect having seen him in such exuberant spirits. Again and again he recurred to the fact that if he could be assured that society was freed from Professor Moriarty he would cheerfully bring his own career to a conclusion.

"I think that I may go so far as to say, Watson, that I have not lived wholly in vain," he remarked. "If my record were closed to-night I could still survey it with equanimity. The air of London is the sweeter for my presence. In over a thousand cases I am not aware that I have ever used my powers upon the wrong side. Of late I have been tempted to look into the problems furnished by nature rather than those more superficial ones for which our artificial state of society is responsible. Your memoirs will draw to an end, Watson,

un gros rocher, qui s'était détaché de la crête sur notre droite, dévala à grand bruit derrière nous et se précipita dans le lac, avec un bruit de grondement. En un instant, Holmes avait grimpé jusqu'à la crête à toute vitesse et, debout sur une pointe élevée, il tendait le cou dans toutes les directions. Ce fut en vain que notre guide lui assura qu'une chute de rochers était un incident banal en cet endroit, au printemps. Il ne répondit rien, mais il m'adressa un sourire, avec l'air d'un homme qui voit se réaliser ce qu'il avait prévu.

Et pourtant, en dépit de sa vigilance incessante, il ne se laissait pas abattre. Au contraire : je ne me rappelle pas l'avoir jamais vu aussi exubérant. À plusieurs reprises, il revint sur l'idée que, s'il pouvait avoir la certitude que la société était débarrassée du professeur Moriarty, il mettrait volontiers fin à sa carrière personnelle.

« Je crois pouvoir me permettre d'affirmer, Watson, que ma vie n'a pas été tout à fait inutile, dit-il. Si ma carrière se terminait ce soir, je pourrais en faire le bilan la conscience tranquille. L'air de Londres est plus respirable grâce à moi. Dans plus d'un millier d'affaires, je ne pense pas avoir utilisé mes talents pour la mauvaise cause. Récemment, j'ai été tenté d'examiner les problèmes que présente la nature, plutôt que ceux, plus superficiels, dont notre société artificielle est responsable. Vos Mémoires s'achèveront, Watson,

upon the day that I crown my career by the capture or extinction of the most dangerous and capable criminal in Europe."

I shall be brief, and yet exact, in the little which remains for me to tell. It is not a subject on which I would willingly dwell, and yet I am conscious that a duty devolves upon me to omit no detail.

It was on the third of May that we reached the little village of Meiringen, where we put up at the Englischer Hof, then kept by Peter Steiler the elder. Our landlord was an intelligent man and spoke excellent English, having served for three years as waiter at the Grosvenor Hotel in London. At his advice, on the afternoon of the fourth we set off together, with the intention of crossing the hills and spending the night at the hamlet of Rosenlaui. We had strict injunctions, however, on no account to pass the falls of Reichenbach, which are about halfway up the hills, without making a small detour to see them.

It is, indeed, a fearful place. The torrent, swollen by the melting snow, plunges into a tremendous abyss, from which the spray rolls up like the smoke from a burning house. The shaft into which the river hurls itself is an immense chasm, lined by glistening coal-black rock,

le jour où je couronnerai ma carrière par la capture ou l'annihilation du criminel le plus dangereux et le plus habile d'Europe. »

Je vais être bref, mais précis, pour le peu qui me reste à raconter. Ce n'est pas un sujet sur lequel je souhaiterais m'attarder, mais j'ai conscience que le devoir m'incombe de n'oublier aucun détail.

Nous arrivâmes le 3 mai dans le petit village de Meiringen, où nous descendîmes à l'Englischer Hof[1], qui était alors tenu par le vieux Peter Steiler. Notre hôtelier était un homme intelligent, qui parlait parfaitement bien l'anglais, car il avait travaillé pendant trois ans comme garçon de salle au Grosvenor Hotel[2] de Londres. Sur ses conseils, nous partîmes ensemble, l'après-midi du 4, avec l'intention de franchir les montagnes et de passer la nuit dans le hameau de Rosenlaui. Mais il nous avait vivement recommandé de ne pas dépasser les chutes de Reichenbach, qui sont à peu près à mi-pente, sans faire un petit détour pour les admirer.

De fait, l'endroit est effrayant. Le torrent, gonflé par la fonte des neiges, plonge dans un gouffre épouvantable, d'où l'écume remonte en volutes, comme la fumée d'une maison en feu. Le trou dans lequel se jette la rivière est un immense précipice, bordé de rochers luisants, noirs comme le charbon,

1. En français traduit de l'allemand : Hôtel des Anglais.
2. Hôtel de luxe, ouvert dans les années 1860, près de la gare Victoria.

and narrowing into a creaming, boiling pit of incalculable depth, which brims over and shoots the stream onward over its jagged lip. The long sweep of green water roaring forever down, and the thick flickering curtain of spray hissing forever upward, turn a man giddy with their constant whirl and clamour. We stood near the edge peering down at the gleam of the breaking water far below us against the black rocks, and listening to the half-human shout which came booming up with the spray out of the abyss.

The path has been cut halfway round the fall to afford a complete view, but it ends abruptly, and the traveller has to return as he came. We had turned to do so, when we saw a Swiss lad come running along it with a letter in his hand. It bore the mark of the hotel which we had just left and was addressed to me by the landlord. It appeared that within a very few minutes of our leaving, an English lady had arrived who was in the last stage of consumption.

qui se rétrécit pour former une cavité d'une profondeur insondable, où l'eau recueillie mousse et bouillonne, puis déborde, ce qui précipite le courant par-dessus son bord déchiqueté. Cette grande cascade d'eau verte, qui tombe dans un grondement incessant, et cet épais rideau d'écume flottante, qui remonte dans un sifflement sans fin, vous donnent le vertige par leur tourbillon et leur vacarme constants. Nous restâmes près du bord, à regarder longuement l'éclat de l'eau qui se brisait en contrebas sur les rochers noirs, et à écouter le cri presque humain qui retentissait lourdement en remontant du gouffre avec l'écume.

Pour offrir un point de vue panoramique, on a ménagé le début d'un sentier autour de la cascade, mais celui-ci s'arrête brusquement et le touriste doit rebrousser chemin. Nous nous apprêtions donc à faire demi-tour, lorsque nous vîmes un jeune gamin suisse qui courait vers nous sur le sentier, tenant une lettre à la main. Celle-ci portait l'en-tête de l'hôtel que nous venions de quitter et elle m'était adressée par l'hôtelier. Apparemment, quelques minutes seulement après notre départ, était arrivée une dame anglaise qui en était au dernier stade de la consomption[1].

1. Nom donné à la tuberculose pulmonaire, maladie très contagieuse qui n'avait pas encore de traitement, mais dont l'évolution pouvait être retardée par des séjours au bon air de la montagne, notamment en Suisse.

She had wintered at Davos Platz and was journeying now to join her friends at Lucerne, when a sudden hemorrhage had overtaken her. It was thought that she could hardly live a few hours, but it would be a great consolation to her to see an English doctor, and, if I would only return, etc. The good Steiler assured me in a postscript that he would himself look upon my compliance as a very great favour, since the lady absolutely refused to see a Swiss physician, and he could not but feel that he was incurring a great responsibility.

The appeal was one which could not be ignored. It was impossible to refuse the request of a fellow-countrywoman dying in a strange land. Yet I had my scruples about leaving Holmes. It was finally agreed, however, that he should retain the young Swiss messenger with him as guide and companion while I returned to Meiringen. My friend would stay some little time at the fall, he said, and would then walk slowly over the hill to Rosenlaui, where I was to rejoin him in the evening. As I turned away I saw Holmes, with his back against a rock and his arms folded, gazing down at the rush of the waters. It was the last that I was ever destined to see of him in this world.

When I was near the bottom of the descent I looked back.

Elle avait passé l'hiver à Davos et voyageait maintenant pour rejoindre ses amis à Lucerne, quand elle avait été victime d'une hémorragie soudaine. On pensait qu'elle n'avait plus que quelques heures à vivre, mais ce serait pour elle une grande consolation de voir un médecin anglais, et, si je voulais bien revenir, etc. Le bon Steiler m'assurait dans un post-scriptum qu'il considérerait ma complaisance comme une grande faveur personnelle, car cette dame refusait catégoriquement de voir un médecin suisse et il ne pouvait s'empêcher de penser que cela mettait sérieusement en jeu sa propre responsabilité.

C'était le genre d'appel auquel on ne pouvait rester sourd. Il m'était impossible de me soustraire à la requête d'une compatriote qui mourait dans un pays étranger. Pourtant, j'avais scrupule à abandonner Holmes. En définitive, nous décidâmes, toutefois, qu'il garderait le jeune messager suisse pour lui servir de guide et de compagnon, pendant que je retournerais à Meiringen. Mon ami me dit qu'il resterait quelque temps près des chutes d'eau, avant de franchir tranquillement la montagne pour se rendre à Rosenlaui, où je devais le rejoindre dans la soirée. En me retournant, je vis Holmes, adossé contre un rocher, les bras croisés, contemplant les eaux qui se précipitaient dans le gouffre. C'était la dernière image que je devais avoir de lui en ce monde.

En arrivant presque au bas de la descente, je me retournai pour regarder.

It was impossible, from that position, to see the fall, but I could see the curving path which winds over the shoulder of the hills and leads to it. Along this a man was, I remember, walking very rapidly.

I could see his black figure clearly outlined against the green behind him. I noted him, and the energy with which he walked, but he passed from my mind again as I hurried on upon my errand.

It may have been a little over an hour before I reached Meiringen. Old Steiler was standing at the porch of his hotel.

"Well," said I, as I came hurrying up, "I trust that she is no worse?"

A look of surprise passed over his face, and at the first quiver of his eyebrows my heart turned to lead in my breast.

"You did not write this?" I said, pulling the letter from my pocket. "There is no sick Englishwoman in the hotel?"

"Certainly not!" he cried. "But it has the hotel mark upon it! Ha, it must have been written by that tall Englishman who came in after you had gone. He said––"

But I waited for none of the landlord's explanation. In a tingle of fear I was already running down the village street, and making for the path which I had so lately descended.

De là, il était impossible de voir les chutes, mais je vis le sentier sinueux, longeant les contreforts de la montagne pour y conduire. Et sur ce sentier, je m'en souviens, il y avait un homme qui s'avançait d'un pas très rapide.

Je distinguai sa silhouette noire qui se détachait nettement sur le fond vert qui était derrière lui. Je le remarquai ainsi que l'énergie avec laquelle il marchait, mais il me quitta ensuite l'esprit, tandis que je me dépêchais d'avancer pour accomplir ma mission.

Il me fallut peut-être un peu plus d'une heure pour regagner Meiringen. Le vieux Steiler se tenait sous le porche de son hôtel.

« Eh bien, dis-je, en me pressant d'arriver, j'espère qu'elle ne va pas plus mal ? »

Je vis une expression de surprise sur son visage, et lorsque ses sourcils commencèrent à s'agiter, je sentis dans ma poitrine mon cœur se changer en plomb.

« Ce n'est pas vous qui avez écrit cela ? demandai-je, en tirant la lettre de ma poche. Il n'y a pas d'Anglaise malade à l'hôtel ?

— Certainement pas ! s'écria-t-il. Mais c'est bien l'en tête de l'hôtel ! Ah ! Cette lettre a dû être écrite par cet Anglais très grand qui est arrivé juste après votre départ. Il m'a dit… »

Mais je n'attendis nullement d'avoir les explications de l'hôtelier. Tout vibrant de crainte, j'étais déjà en train de courir dans la rue du village pour rejoindre le sentier que je venais de descendre.

It had taken me an hour to come down. For all my efforts two more had passed before I found myself at the fall of Reichenbach once more. There was Holmes's Alpine-stock still leaning against the rock by which I had left him. But there was no sign of him, and it was in vain that I shouted. My only answer was my own voice reverberating in a rolling echo from the cliffs around me.

It was the sight of that Alpine-stock which turned me cold and sick. He had not gone to Rosenlaui, then. He had remained on that three-foot path, with sheer wall on one side and sheer drop on the other, until his enemy had overtaken him. The young Swiss had gone too. He had probably been in the pay of Moriarty and had left the two men together. And then what had happened? Who was to tell us what had happened then?

I stood for a minute or two to collect myself, for I was dazed with the horror of the thing. Then I began to think of Holmes's own methods and to try to practise them in reading this tragedy. It was, alas, only too easy to do. During our conversation we had not gone to the end of the path, and the Alpine-stock marked the place where we had stood. The blackish soil is kept forever soft by the incessant drift of spray, and a bird would leave its tread upon it.

Il m'avait fallu une heure pour revenir. Malgré tous mes efforts, il m'en fallut encore deux autres pour que je me retrouve devant les chutes de Reichenbach. L'alpenstock de Holmes était encore posé contre le rocher où je l'avais quitté. Mais aucune trace de lui. Je criai pour l'appeler, mais sans résultat. Pour toute réponse, je reçus l'écho sourd de ma propre voix renvoyé par les parois rocheuses qui m'entouraient.

La vue de cet alpenstock me glaça le sang. Il n'était donc pas allé à Rosenlaui. Il était resté sur ce sentier d'à peine un mètre de large, où il n'y avait rien d'autre qu'un mur de rocher d'un côté et un précipice de l'autre, jusqu'au moment où son ennemi l'avait rejoint. Le jeune Suisse avait disparu également. Il était probablement à la solde de Moriarty et il avait laissé les deux hommes ensemble. Ensuite, qu'était-il arrivé ? Qui pourrait nous dire ce qui était arrivé ensuite ?

Je restai immobile une minute ou deux pour me reprendre, car j'étais étourdi par ce que la situation avait d'horrible. Puis je me suis mis à penser aux méthodes chères à Holmes et j'essayai de les appliquer pour comprendre cette tragédie. Hélas, ce n'était que trop simple. Pendant notre conversation, nous n'étions pas allés jusqu'à l'extrémité du sentier et l'alpenstock marquait l'endroit où nous nous étions arrêtés. Le sol noirâtre reste en permanence très meuble, car l'écume vient sans cesse s'y déposer, et un oiseau y laisserait des traces de pattes.

Two lines of footmarks were clearly marked along the farther end of the path, both leading away from me. There were none returning. A few yards from the end the soil was all ploughed up into a patch of mud, and the brambles and ferns which fringed the chasm were torn and bedraggled. I lay upon my face and peered over with the spray spouting up all around me. It had darkened since I left, and now I could only see here and there the glistening of moisture upon the black walls, and far away down at the end of the shaft the gleam of the broken water. I shouted; but only that same half-human cry of the fall was borne back to my ears.

But it was destined that I should, after all, have a last word of greeting from my friend and comrade. I have said that his Alpine-stock had been left leaning against a rock which jutted on to the path. From the top of this bowlder the gleam of something bright caught my eye, and raising my hand I found that it came from the silver cigarette-case which he used to carry. As I took it up a small square of paper upon which it had lain fluttered down on to the ground. Unfolding it, I found that it consisted of three pages torn from his notebook and addressed to me. It was characteristic of the man that the direction was as precise, and the writing as firm and clear, as though it had been written in his study.

On voyait clairement deux lignes de pas qui se dirigeaient loin de moi, vers l'extrémité du sentier. Ni l'une ni l'autre ne revenait. À quelques mètres de l'extrémité, le sol tout retourné n'était plus qu'une plaque de boue, les ronces et les fougères qui entouraient le gouffre étaient arrachées et piétinées. Je me suis mis à plat ventre pour regarder longuement à l'intérieur, tandis que l'écume jaillissait tout autour de moi. Le jour avait baissé depuis mon départ, et maintenant je ne voyais plus rien d'autre, ici ou là, que le miroitement de l'humidité sur les parois noires et, tout en bas, à l'extrémité du creux, le faible éclat de l'eau interrompue dans sa course. J'appelai mais je ne perçus d'autre réponse que le sempiternel cri presque humain de la chute d'eau.

Cependant, la destinée avait voulu, finalement, que je reçoive un dernier message de salut de la part de mon camarade et ami. J'ai dit que son alpenstock était posé contre un rocher faisant saillie sur le sentier. Quelque chose de brillant attira mon attention au sommet de ce bloc de pierre. Je levai la main et découvris que c'était l'étui à cigarettes en argent qu'il avait habituellement sur lui. Au moment où je le pris, un petit carré de papier sur lequel il était posé voleta jusqu'au sol. Je le dépliai, pour découvrir qu'il s'agissait de trois pages arrachées à son carnet qui m'étaient adressées. Il était bien dans la manière de cet homme-là de donner des instructions aussi précises, d'une écriture aussi ferme et lisible que s'il avait rédigé cela dans son bureau :

My dear Watson [it said]:

I write these few lines through the courtesy of Mr. Moriarty, who awaits my convenience for the final discussion of those questions which lie between us. He has been giving me a sketch of the methods by which he avoided the English police and kept himself informed of our movements. They certainly confirm the very high opinion which I had formed of his abilities. I am pleased to think that I shall be able to free society from any further effects of his presence, though I fear that it is at a cost which will give pain to my friends, and especially, my dear Watson, to you. I have already explained to you, however, that my career had in any case reached its crisis, and that no possible conclusion to it could be more congenial to me than this. Indeed, if I may make a full confession to you, I was quite convinced that the letter from Meiringen was a hoax, and I allowed you to depart on that errand under the persuasion that some development of this sort would follow. Tell Inspector Patterson that the papers which he needs to convict the gang are in pigeonhole M., done up in a blue envelope and inscribed "Moriarty." I made every disposition of my property before leaving England and handed it to my brother Mycroft. Pray give my greetings to Mrs. Watson, and believe me to be, my dear fellow,

Very sincerely yours,
SHERLOCK HOLMES.

Mon cher Watson,

Je vous adresse ces quelques lignes grâce à la courtoisie de Mr. Moriarty, qui attend que j'aie fini pour avoir une discussion finale au sujet des questions qui demeurent entre nous. Il m'a donné un aperçu des méthodes grâce auxquelles il a échappé à la police anglaise et s'est tenu informé de nos déplacements. Elles confirment, assurément, la très haute opinion que je m'étais faite de ses capacités. Je me réjouis à l'idée de pouvoir délivrer la société, à l'avenir, des conséquences de sa présence, même si, je le crains, cela aura un prix qui attristera mes amis, et vous-même tout particulièrement, mon cher Watson. Mais je vous ai déjà expliqué que ma carrière avait de toute façon atteint son moment décisif et qu'aucune conclusion ne pouvait me plaire davantage que celle-ci. En réalité, si je peux me permettre de tout vous avouer, j'étais bien convaincu que cette lettre de Meiringen était un faux, et je vous ai laissé partir pour accomplir cette mission en étant sûr qu'un événement de cette sorte allait se produire. Dites à l'inspecteur Patterson que les documents dont il a besoin pour faire condamner la bande sont dans le casier M, à l'intérieur d'une enveloppe bleue sur laquelle est écrit « Moriarty ». Avant de quitter l'Angleterre, j'ai pris toutes les dispositions nécessaires pour mes biens, que je lègue à mon frère Mycroft. S'il vous plaît, rappelez-moi au bon souvenir de Mrs. Watson, et croyez, mon cher ami, que je reste bien à vous,

SHERLOCK HOLMES.

A few words may suffice to tell the little that remains. An examination by experts leaves little doubt that a personal contest between the two men ended, as it could hardly fail to end in such a situation, in their reeling over, locked in each other's arms. Any attempt at recovering the bodies was absolutely hopeless, and there, deep down in that dreadful cauldron of swirling water and seething foam, will lie for all time the most dangerous criminal and the foremost champion of the law of their generation. The Swiss youth was never found again, and there can be no doubt that he was one of the numerous agents whom Moriarty kept in his employ. As to the gang, it will be within the memory of the public how completely the evidence which Holmes had accumulated exposed their organization, and how heavily the hand of the dead man weighed upon them. Of their terrible chief few details came out during the proceedings, and if I have now been compelled to make a clear statement of his career, it is due to those injudicious champions who have endeavoured to clear his memory by attacks upon him whom I shall ever regard as the best and the wisest man whom I have ever known.

Quelques mots suffiront à raconter le peu qu'il reste à savoir. L'examen des experts laisse peu de doute. Une lutte entre les deux hommes s'est terminée comme c'était inévitable dans une telle situation : ils sont tombés tous les deux dans le gouffre, serrés dans les bras l'un de l'autre. Il était absolument impensable d'essayer de retrouver leurs corps. Et c'est là, au fond de cet effrayant chaudron d'eau tourbillonnante et d'écume bouillonnante, que reposent à jamais le criminel le plus dangereux et le meilleur défenseur de la loi de leur génération. Le jeune Suisse n'a jamais été retrouvé. Il s'agissait sans aucun doute de l'un des nombreux agents au service de Moriarty. Quant aux membres de sa bande, le public se rappelle encore à quel point les preuves accumulées contre eux par Holmes ont mis en cause leur organisation et de quel poids la main du mort a pesé sur eux. Sur leur terrible chef, peu de détails ont filtré pendant la procédure judiciaire. Si j'ai été ici contraint de faire toute la lumière sur sa carrière, c'est à cause de ces soutiens malavisés, qui ont essayé de défendre sa mémoire en attaquant celui que je considérerai toujours comme le meilleur et le plus sage de tous les hommes que j'aie jamais connus.

The Empty House

La maison vide

It was in the spring of the year 1894 that all London was interested, and the fashionable world dismayed, by the murder of the Honourable Ronald Adair under most unusual and inexplicable circumstances. The public has already learned those particulars of the crime which came out in the police investigation, but a good deal was suppressed upon that occasion, since the case for the prosecution was so overwhelmingly strong that it was not necessary to bring forward all the facts. Only now, at the end of nearly ten years, am I allowed to supply those missing links which make up the whole of that remarkable chain. The crime was of interest in itself, but that interest was as nothing to me compared to the inconceivable sequel, which afforded me the greatest shock and surprise of any event in my adventurous life. Even now, after this long interval,

Au printemps de l'année 1894, tout Londres fut passionné, et la bonne société consternée, par l'assassinat de l'Honorable[1] Ronald Adair, dans des circonstances particulièrement étranges et inexplicables. Le public connaît déjà les détails du crime révélés par l'enquête policière ; mais tout n'a pas été dit à cette occasion, car l'accusation disposait d'un dossier si accablant qu'il n'était pas nécessaire d'exposer tous les faits. Ce n'est que maintenant, au bout de près de dix ans, que je suis en mesure de présenter les éléments manquants dans l'enchaînement complet de ces faits notoires. En lui-même, le crime présentait de l'intérêt, mais cet intérêt n'était quasiment rien pour moi, au regard de la suite incroyable, qui me causa le choc le plus fort et la surprise la plus grande de toute ma vie d'aventures. Encore maintenant, après toutes ces années,

1. Titre de courtoisie, réservé aux fils cadets des comtes.

I find myself thrilling as I think of it, and feeling once more that sudden flood of joy, amazement, and incredulity which utterly submerged my mind. Let me say to that public, which has shown some interest in those glimpses which I have occasionally given them of the thoughts and actions of a very remarkable man, that they are not to blame me if I have not shared my knowledge with them, for I should have considered it my first duty to do so, had I not been barred by a positive prohibition from his own lips, which was only withdrawn upon the third of last month.

It can be imagined that my close intimacy with Sherlock Holmes had interested me deeply in crime, and that after his disappearance I never failed to read with care the various problems which came before the public. And I even attempted, more than once, for my own private satisfaction, to employ his methods in their solution, though with indifferent success. There was none, however, which appealed to me like this tragedy of Ronald Adair. As I read the evidence at the inquest, which led up to a verdict of wilful murder against some person or persons unknown, I realized more clearly than I had ever done the loss which the community had sustained by the death of Sherlock Holmes. There were points about this strange business which would, I was sure,

je suis tout ému en y pensant, et je ressens à nouveau ce soudain transport de joie, de surprise et d'incrédulité qui me saisit complètement sur le moment. Je dois demander au public, qui s'est intéressé aux quelques petits exemples que je lui ai donnés de temps en temps des pensées et des actions d'un homme tout à fait remarquable, de ne pas me blâmer si je ne lui ai pas communiqué plus tôt ce que je savais : j'aurais considéré que c'était mon devoir premier de le faire, si celui-ci ne m'en avait pas catégoriquement formulé lui-même l'interdiction, qui n'a été levée que le 3 du mois dernier.

Comme on peut l'imaginer, mes liens étroits avec Sherlock Holmes ont fait naître en moi un profond intérêt pour les enquêtes criminelles et, après sa disparition, je n'ai jamais manqué de lire attentivement les différentes énigmes qui s'offraient au public, et j'ai même essayé, plus d'une fois, pour ma satisfaction personnelle, de les résoudre en utilisant ses méthodes, mais avec un succès médiocre. Aucune, cependant, ne me passionna autant que cette tragédie dont fut victime Ronald Adair. Quand je lus les témoignages recueillis par l'enquête, qui conduisirent à un verdict d'assassinat visant un ou plusieurs inconnus, je mesurai mieux que jamais la perte qu'avait représentée pour la communauté la mort de Sherlock Holmes. Il y avait, dans cette affaire étrange, des détails qui, j'en suis sûr,

have specially appealed to him, and the efforts of the police would have been supplemented, or more probably anticipated, by the trained observation and the alert mind of the first criminal agent in Europe. All day, as I drove upon my round, I turned over the case in my mind and found no explanation which appeared to me to be adequate. At the risk of telling a twice-told tale, I will recapitulate the facts as they were known to the public at the conclusion of the inquest.

The Honourable Ronald Adair was the second son of the Earl of Maynooth, at that time governor of one of the Australian colonies. Adair's mother had returned from Australia to undergo the operation for cataract, and she, her son Ronald, and her daughter Hilda were living together at 427 Park Lane. The youth moved in the best society–had, so far as was known, no enemies and no particular vices. He had been engaged to Miss Edith Woodley, of Carstairs, but the engagement had been broken off by mutual consent some months before, and there was no sign that it had left any very profound feeling behind it. For the rest of the man's life moved in a narrow and conventional circle, for his habits were quiet and his nature unemotional. Yet it was upon this easy-going young aristocrat that death came,

l'auraient spécialement intéressé, et le travail de la police aurait été secondé, et même probablement devancé, par l'expérience de l'observation et l'agilité intellectuelle du premier détective d'Europe. Toute la journée, en faisant la tournée de mes malades, je remuai cette affaire dans ma tête, sans trouver d'explication qui me parût satisfaisante. Au risque de répéter une histoire déjà connue, je vais récapituler les faits, tels que le public les connaissait à la fin de l'enquête.

L'Honorable Ronald Adair était le deuxième fils du comte de Maynooth qui, à l'époque, était gouverneur de l'une des colonies australiennes. La mère d'Adair était rentrée d'Australie pour subir une opération de la cataracte ; elle habitait avec son fils Ronald et sa fille Hilda au 427 Park Lane. Le jeune homme fréquentait la meilleure société ; et on ne lui connaissait ni ennemis, ni vices particuliers. Il avait été fiancé à Miss Edith Woodley, de Carstairs[1], mais ces fiançailles avaient été rompues par consentement mutuel quelques mois auparavant, et rien n'indiquait que la rupture avait laissé de grandes souffrances derrière elle. Au demeurant, la vie de cet homme se déroulait dans un cercle étroit et conventionnel, car il avait des habitudes tranquilles et il n'était pas porté, par nature, aux sentiments violents. Pourtant, c'est sur ce jeune aristocrate insouciant que la mort s'abattit,

1. Village écossais au sud-est de Glasgow et au sud-ouest d'Édimbourg.

in most strange and unexpected form, between the hours of ten and eleven-twenty on the night of March 30, 1894.

Ronald Adair was fond of cards–playing continually, but never for such stakes as would hurt him. He was a member of the Baldwin, the Cavendish, and the Bagatelle card clubs. It was shown that, after dinner on the day of his death, he had played a rubber of whist at the latter club. He had also played there in the afternoon. The evidence of those who had played with him–Mr. Murray, Sir John Hardy, and Colonel Moran–showed that the game was whist, and that there was a fairly equal fall of the cards. Adair might have lost five pounds, but not more. His fortune was a considerable one, and such a loss could not in any way affect him. He had played nearly every day at one club or other, but he was a cautious player, and usually rose a winner. It came out in evidence that, in partnership with Colonel Moran, he had actually won as much as four hundred and twenty pounds in a sitting, some weeks before, from Godfrey Milner and lord Balmoral. So much for his recent history as it came out at the inquest.

On the evening of the crime, he returned from the club exactly at ten. His mother and sister were out spending the evening with a relation.

sous une forme très étrange et inattendue, entre dix heures et onze heures vingt, le soir du 30 mars 1894.

Ronald Adair aimait les cartes : il jouait tout le temps, mais pas pour des enjeux qui risquaient de lui nuire. Il appartenait à plusieurs cercles de jeu : le Baldwin, le Cavendish et le Bagatelle. On a pu établir que, le jour de sa mort, après dîner, il avait participé à un robre de whist dans ce dernier cercle. Il y avait également joué dans l'après-midi. Le témoignage de ses partenaires, Mr. Murray, sir John Hardy et le colonel Moran, prouve qu'il s'agissait bien d'une partie de whist et que le jeu était sensiblement équilibré. Adair avait peut-être perdu cinq livres, mais pas davantage. Il possédait une fortune considérable et une telle perte ne pouvait en aucune façon l'affecter. Il jouait pratiquement tous les jours, dans un cercle ou un autre, mais c'était un joueur prudent, qui gagnait en général. L'enquête avait montré qu'il avait bel et bien gagné la somme de quatre cent vingt livres, avec comme partenaire le colonel Moran, en une seule séance, quelques semaines auparavant, en jouant contre Godfrey Milner et lord Balmoral. Voilà pour les antécédents récents, tels que l'enquête les avait révélés.

Le soir du crime, il était rentré de son cercle à dix heures, très exactement. Sa mère et sa sœur étaient sorties pour passer la soirée avec une parente.

The servant deposed that she heard him enter the front room on the second floor, generally used as his sitting-room. She had lit a fire there, and as it smoked she had opened the window. No sound was heard from the room until eleven-twenty, the hour of the return of Lady Maynooth and her daughter. Desiring to say good-night, she attempted to enter her son's room. The door was locked on the inside, and no answer could be got to their cries and knocking. Help was obtained, and the door forced. The unfortunate young man was found lying near the table. His head had been horribly mutilated by an expanding revolver bullet, but no weapon of any sort was to be found in the room. On the table lay two banknotes for ten pounds each and seventeen pounds ten in silver and gold, the money arranged in little piles of varying amount. There were some figures also upon a sheet of paper, with the names of some club friends opposite to them, from which it was conjectured that before his death he was endeavouring to make out his losses or winnings at cards.

A minute examination of the circumstances served only to make the case more complex. In the first place, no reason could be given why the young man should have fastened the door upon the inside. There was the possibility that the murderer had done this, and had afterwards escaped by the window.

Dans sa déposition, la domestique a déclaré qu'elle l'avait entendu entrer dans la pièce donnant sur la rue, au deuxième étage, qu'il utilisait en général comme salon. Elle y avait allumé un feu et, comme celui-ci fumait, elle avait ouvert la fenêtre. Aucun bruit ne parvint de la pièce avant onze heures vingt, l'heure du retour de lady Maynooth et de sa fille. La mère, voulant dire bonsoir, essaya d'entrer dans le salon. La porte était fermée de l'intérieur et, lorsqu'elles frappèrent et crièrent, elles n'eurent aucune réponse. De l'aide fut requise pour forcer la porte. On trouva le corps du malheureux jeune homme étendu près de la table. Il avait la tête affreusement mutilée par une balle explosive de revolver, mais, dans la pièce, on ne retrouva aucune arme d'aucune sorte. Sur la table, il y avait deux billets de dix livres, ainsi que dix livres, dix-sept shillings en pièces d'or et d'argent, disposées en petites piles de différents montants. Sur une feuille de papier, il y avait aussi quelques chiffres avec, en face, des noms de certains de ses amis de cercle. Cela permit d'avancer l'hypothèse qu'avant sa mort, il essayait d'établir ses pertes ou ses gains aux cartes.

Un examen plus approfondi de la situation ne servit qu'à rendre l'affaire plus compliquée. Pour commencer, on ne voyait pas pourquoi le jeune homme avait fermé la porte de l'intérieur. L'assassin pouvait fort bien l'avoir fait, avant de s'échapper par la fenêtre.

The drop was at least twenty feet, however, and a bed of crocuses in full bloom lay beneath. Neither the flowers nor the earth showed any sign of having been disturbed, nor were there any marks upon the narrow strip of grass which separated the house from the road. Apparently, therefore, it was the young man himself who had fastened the door. But how did he come by his death? No one could have climbed up to the window without leaving traces. Suppose a man had fired through the window, he would indeed be a remarkable shot who could with a revolver inflict so deadly a wound. Again, Park Lane is a frequented thoroughfare; there is a cab stand within a hundred yards of the house. No one had heard a shot. And yet there was the dead man, and there the revolver bullet, which had mushroomed out, as soft-nosed bullets will, and so inflicted a wound which must have caused instantaneous death. Such were the circumstances of the Park Lane Mystery, which were further complicated by entire absence of motive, since, as I have said, young Adair was not known to have any enemy, and no attempt had been made to remove the money or valuables in the room.

All day I turned these facts over in my mind, endeavouring to hit upon some theory which could reconcile them all, and to find that line of least resistance which my poor friend had declared to be the starting-point of every investigation.

Mais la fenêtre était à au moins six mètres de haut et, en dessous, il y avait un parterre de crocus bien fleuris. Il n'y avait aucun signe de piétinement, ni parmi les fleurs ni sur la terre, et aucun signe de pas non plus sur l'étroite bande d'herbe qui séparait la maison de la rue. Apparemment, donc, c'était le jeune homme qui avait fermé la porte. Mais comment avait-il trouvé la mort ? Personne n'aurait pu grimper jusqu'à la fenêtre sans laisser de traces. En supposant que l'assassin ait tiré par la fenêtre, il se serait agi d'un tireur vraiment exceptionnel pour infliger une telle blessure mortelle avec un revolver. En outre, Park Lane est une artère fréquentée, et une station de fiacres se trouve à moins de cent mètres de la maison. Personne n'avait entendu de coup de feu. Et pourtant, il y avait là le cadavre, ainsi que la balle de revolver, qui s'était aplatie, comme le font les balles à tête tendre, infligeant ainsi une blessure qui avait dû provoquer une mort instantanée. Tels étaient les faits du Mystère de Park Lane, que compliquait encore l'absence totale de mobile, puisqu'on ne connaissait pas d'ennemis au jeune Adair, comme je l'ai dit, et que personne n'avait essayé d'emporter l'argent ou les objets précieux qui étaient dans la pièce.

Toute la journée, je remuai ces faits dans ma tête, essayant de trouver une explication capable de les concilier tous et de découvrir cette ligne de moindre résistance qui, selon mon pauvre ami, était le point de départ de toutes les enquêtes.

I confess that I made little progress. In the evening I strolled across the Park, and found myself about six o'clock at the Oxford Street end of Park Lane. A group of loafers upon the pavements, all staring up at a particular window, directed me to the house which I had come to see. A tall, thin man with coloured glasses, whom I strongly suspected of being a plain-clothes detective, was pointing out some theory of his own, while the others crowded round to listen to what he said. I got as near him as I could, but his observations seemed to me to be absurd, so I withdrew again in some disgust. As I did so I struck against an elderly, deformed man, who had been behind me, and I knocked down several books which he was carrying. I remember that as I picked them up, I observed the title of one of them, *The Origin of Tree Worship*, and it struck me that the fellow must be some poor bibliophile, who, either as a trade or as a hobby, was a collector of obscure volumes. I endeavoured to apologize for the accident, but it was evident that these books which I had so unfortunately maltreated were very precious objects in the eyes of their owner. With a snarl of contempt he turned upon his heel, and I saw his curved back and white side-whiskers disappear among the throng.

Je n'avançai guère, je l'avoue. Le soir venu, j'allai faire une promenade dans Hyde Park et, vers six heures, je me retrouvai à l'extrémité de Park Lane qui donne sur Oxford Street. Un groupe de badauds agglutinés sur le trottoir, qui regardaient tous une certaine fenêtre, m'indiqua la maison que j'étais venu voir. Un homme grand et mince, portant des lunettes sombres, que je soupçonnai fort d'être un policier en civil, était en train de présenter son explication personnelle, tandis que les autres s'attroupaient pour écouter ce qu'il disait. Je m'approchai de lui autant que possible, mais ses commentaires me parurent absurdes et je m'éloignai, assez dépité. Ce faisant, je bousculai un vieil homme difforme qui se tenait derrière moi, et je fis tomber par terre plusieurs livres qu'il portait. En les ramassant, je m'en souviens, j'ai observé le titre de l'un d'eux : *L'Origine du culte des arbres*[1]. Et j'ai eu l'impression que cet homme-là était sûrement un pauvre bibliophile qui, soit pour en faire commerce, soit par marotte, collectionnait des livres obscurs. Je tentai de présenter mes excuses pour cet incident, mais, manifestement, ces volumes que j'avais malencontreusement malmenés étaient des objets très précieux aux yeux de leur propriétaire : avec un grognement de mépris, il tourna les talons et je vis son dos voûté et ses favoris blancs disparaître dans la foule.

1. On ne connaît aucun livre ayant ce titre.

My observations of No. 427 Park Lane did little to clear up the problem in which I was interested. The house was separated from the street by a low wall and railing, the whole not more than five feet high. It was perfectly easy, therefore, for anyone to get into the garden, but the window was entirely inaccessible, since there was no waterpipe or anything which could help the most active man to climb it. More puzzled than ever, I retraced my steps to Kensington. I had not been in my study five minutes when the maid entered to say that a person desired to see me. To my astonishment it was none other than my strange old book collector, his sharp, wizened face peering out from a frame of white hair, and his precious volumes, a dozen of them at least, wedged under his right arm.

"You're surprised to see me, sir," said he, in a strange, croaking voice.

I acknowledged that I was.

"Well, I've a conscience, sir, and when I chanced to see you go into this house, as I came hobbling after you, I thought to myself, I'll just step in and see that kind gentleman, and tell him that if I was a bit gruff in my manner there was not any harm meant, and that I am much obliged to him for picking up my books."

Mes observations du 427 Park Lane ne me permirent guère d'éclaircir le problème qui m'intéressait. La maison était séparée de la rue par un petit mur surmonté d'une grille, le tout ne dépassant pas un mètre cinquante. Il était donc tout à fait facile pour n'importe qui de pénétrer dans le jardin, mais la fenêtre était parfaitement inaccessible, car il n'y avait aucune gouttière ou autre chose de ce genre pour permettre à un homme très agile d'y grimper. Plus intrigué que jamais, je retournai à Kensington. Je n'étais pas dans mon cabinet depuis cinq minutes que la bonne entra pour me dire qu'une personne désirait me voir. À ma grande surprise, ce n'était autre que cet étrange personnage, mon vieux bibliophile, dont le visage décharné, desséché, apparaissait, encadré par des cheveux et des favoris blancs, et qui tenait, bien serrés sous son bras droit, ses précieux volumes, une douzaine au moins.

« Vous êtes surpris de me voir, monsieur ? » me demanda-t-il d'une étrange voix rauque.

Je reconnus que oui.

« Eh bien, monsieur, j'ai une conscience ! Et quand, en vous suivant péniblement, je vous ai vu par hasard entrer dans cette maison, je me suis dit que j'allais y faire un saut, pour voir ce gentil monsieur et lui dire que, si j'avais été un peu bourru dans mes manières, il ne fallait pas m'en vouloir et que je lui étais très obligé d'avoir ramassé mes livres.

"You make too much of a trifle," said I. "May I ask how you knew who I was?"

"Well, sir, if it isn't too great a liberty, I am a neighbour of yours, for you'll find my little bookshop at the corner of Church Street, and very happy to see you, I am sure. Maybe you collect yourself, sir. Here's *British Birds*, and *Catullus*, and *The Holy War*–a bargain, every one of them. With five volumes you could just fill that gap on that second shelf. It looks untidy, does it not, sir?"

I moved my head to look at the cabinet behind me. When I turned again, Sherlock Holmes was standing smiling at me across my study table. I rose to my feet, stared at him for some seconds in utter amazement, and then it appears that I must have fainted for the first and the last time in my life. Certainly a gray mist swirled before my eyes, and when it cleared I found my collar-ends undone and the tingling after-taste of brandy upon my lips. Holmes was bending over my chair, his flask in his hand.

"My dear Watson," said the well-remembered voice, "I owe you a thousand apologies. I had no idea that you would be so affected."

— Ce n'était rien ! N'en parlons plus ! lui dis-je. Puis-je vous demander comment vous saviez qui j'étais ?

— Eh bien, monsieur, si je puis me permettre, je suis l'un de vos voisins. Vous trouverez en effet ma petite boutique à l'angle de Church Street, et je serais très heureux de vous y voir, croyez-moi. Vous êtes peut-être vous-même collectionneur, monsieur… Voici *Les Oiseaux anglais*, Catulle, et *La Guerre sainte…* Chacun de ces livres est une affaire. Avec cinq volumes, vous pourriez juste combler cette brèche, là, sur la deuxième étagère. Cela fait désordre, vous ne trouvez pas, monsieur ? »

Je tournai la tête pour regarder le rayonnage, derrière moi. Puis, à l'instant où je la tournai de nouveau, Sherlock Holmes était là, debout devant mon bureau et il me souriait. Je me levai d'un bond, le regardai fixement pendant quelques secondes, complètement stupéfait, et puis, pour la première et la dernière fois de ma vie, apparemment, je dus m'évanouir. Ce qui est certain, c'est qu'un brouillard gris tourbillonnait devant mes yeux, et lorsqu'il se dissipa, je trouvai mon col déboutonné et je sentis un petit picotement sur mes lèvres : l'arrière-goût du cognac. Holmes était penché au-dessus de mon fauteuil, un flacon à la main.

« Mon cher Watson, me dit la voix dont je me souvenais fort bien, je vous dois mille excuses. Je ne me doutais pas que cela vous affecterait autant. »

I gripped him by the arms.

"Holmes!" I cried. "Is it really you? Can it indeed be that you are alive? Is it possible that you succeeded in climbing out of that awful abyss?"

"Wait a moment," said hc. "Are you sure that you are really fit to discuss things? I have given you a serious shock by my unnecessarily dramatic reappearance."

"I am all right, but indeed, Holmes, I can hardly believe my eyes. Good heavens! to think that you–you of all men–should be standing in my study." Again I gripped him by the sleeve, and felt the thin, sinewy arm beneath it. "Well, you're not a spirit, anyhow," said I. "My dear chap, I'm overjoyed to see you. Sit down, and tell me how you came alive out of that dreadful chasm."

He sat opposite to me, and lit a cigarette in his old, nonchalant manner. He was dressed in the seedy frockcoat of the book merchant, but the rest of that individual lay in a pile of white hair and old books upon the table. Holmes looked even thinner and keener than of old, but there was a dead-white tinge in his aquiline face which told me that his life recently had not been a healthy one.

"I am glad to stretch myself, Watson," said he.

Je le saisis vigoureusement par les bras.

« Holmes, m'écriai-je. Est-ce bien vous ? Se peut-il que vous soyez vraiment en vie ? Est-il possible que vous ayez réussi à vous sortir de ce gouffre épouvantable ?

— Attendez un instant, dit-il. Êtes-vous sûr d'être en état de discuter ? Je vous ai donné un terrible choc par cette réapparition, qui avait quelque chose d'inutilement spectaculaire.

— Je me sens très bien, Holmes. Mais, vraiment, j'ai peine à en croire mes yeux. Grand Dieu ! Quand je pense que c'est vous… vous et personne d'autre… qui êtes là debout dans mon bureau ! » De nouveau, je le saisis par la manche et je sentis, sous le tissu, son bras mince et musclé. « Eh bien, en tout cas, vous n'êtes pas un fantôme, dis-je. Mon cher ami, je suis au comble de la joie en vous voyant. Asseyez-vous et dites-moi comment vous êtes sorti vivant de ce terrible abîme. »

Il s'assit en face de moi et alluma une cigarette, avec sa nonchalance habituelle. Il portait encore la redingote élimée du marchand de livres, mais il avait posé sur le bureau le reste du personnage, la perruque blanche et les vieux livres. Holmes paraissait encore plus mince et plus pénétrant qu'autrefois, mais il y avait sur son visage aquilin une teinte blanc pâle qui m'apprit que, récemment, il n'avait pas mené une existence très saine.

« Je suis content de pouvoir m'étirer, Watson, me dit-il.

"It is no joke when a tall man has to take a foot off his stature for several hours on end. Now, my dear fellow, in the matter of these explanations, we have, if I may ask for your cooperation, a hard and dangerous night's work in front of us. Perhaps it would be better if I gave you an account of the whole situation when that work is finished."

"I am full of curiosity. I should much prefer to hear now."

"You'll come with me to-night?"

"When you like and where you like."

"This is, indeed, like the old days. We shall have time for a mouthful of dinner before we need go. Well, then, about that chasm. I had no serious difficulty in getting out of it, for the very simple reason that I never was in it."

"You never were in it?"

"No, Watson, I never was in it. My note to you was absolutely genuine. I had little doubt that I had come to the end of my career when I perceived the somewhat sinister figure of the late Professor Moriarty standing upon the narrow pathway which led to safety. I read an inexorable purpose in his gray eyes. I exchanged some remarks with him, therefore, and obtained his courteous permission to write the short note which you afterwards received.

Ce n'est pas drôle, pour un homme de ma taille, de se rapetisser d'une trentaine de centimètres pendant plusieurs heures de suite. Et maintenant, mon cher ami, pour ce qui est de ces explications, nous avons devant nous, si je peux compter sur votre aide, une soirée de travail difficile et périlleuse. Peut-être vaudrait-il mieux que je vous explique toute la situation lorsque ce travail sera achevé.

— Je suis rempli de curiosité. Je préférerais de loin vous entendre maintenant.

— Vous viendrez avec moi, ce soir ?

— Quand vous voudrez et où vous voudrez.

— On dirait tout à fait le bon vieux temps. Nous aurons le loisir de manger un morceau, avant de partir. Eh bien, parlons de ce gouffre. Je n'ai pas eu beaucoup de mal à en sortir, pour la bonne raison que je n'y suis jamais tombé.

— Vous n'y êtes jamais tombé ?

— Non, Watson, je n'y suis jamais tombé. La petite lettre que je vous ai laissée était tout à fait sincère. J'étais presque sûr d'être parvenu au terme de ma carrière lorsque j'ai vu la silhouette plutôt sinistre de feu le professeur Moriarty se dresser sur l'étroit sentier qui ramenait en lieu sûr. J'ai lu dans son regard gris une volonté inexorable. J'ai donc échangé quelques propos avec lui et il m'a courtoisement accordé la permission de vous écrire le petit mot que vous avez trouvé ensuite.

I left it with my cigarette-box and my stick, and I walked along the pathway, Moriarty still at my heels. When I reached the end I stood at bay. He drew no weapon, but he rushed at me and threw his long arms around me. He knew that his own game was up, and was only anxious to revenge himself upon me. We tottered together upon the brink of the fall. I have some knowledge, however, of baritsu, or the Japanese system of wrestling, which has more than once been very useful to me. I slipped through his grip, and he with a horrible scream kicked madly for a few seconds, and clawed the air with both his hands. But for all his efforts he could not get his balance, and over he went. With my face over the brink, I saw him fall for a long way. Then he struck a rock, bounded off, and splashed into the water."

I listened with amazement to this explanation, which Holmes delivered between the puffs of his cigarette.

"But the tracks!" I cried. "I saw, with my own eyes, that two went down the path and none returned."

"It came about in this way. The instant that the Professor had disappeared, it struck me what a really extraordinarily lucky chance Fate had placed in my way.

Je l'ai laissé avec mon étui à cigarettes et mon alpenstock et j'ai avancé sur le sentier, tandis que Moriarty était toujours sur mes talons. Une fois parvenu au bout, je me suis retourné, aux abois. Il n'a pas sorti d'arme, mais il s'est précipité sur moi, en m'enserrant de ses longs bras. Il savait qu'il avait perdu la partie et n'avait plus d'autre désir que de se venger de moi. Nous avons vacillé ensemble sur le bord des chutes d'eau. Mais je connais un peu le *baritsu*, cette technique de lutte japonaise qui, dans de nombreux cas, m'a rendu de grands services. J'ai échappé à sa prise et lui, en poussant un cri horrible, s'est débattu comme un beau diable pendant quelques secondes en agrippant l'air de ses deux mains. Mais, malgré tous ses efforts, il n'a pas réussi à retrouver son équilibre et il a culbuté. La tête penchée au-dessus du bord, je l'ai vu tomber longtemps. Puis il a heurté un rocher, a rebondi et s'est écrasé dans l'eau. »

J'étais médusé en entendant cette explication que me donnait Holmes entre deux bouffées de cigarette.

« Mais les traces ! m'écriai-je. J'ai vu, de mes propres yeux, deux traces qui allaient jusqu'au bout du sentier, mais aucune qui en revenait.

— Voici comment c'est arrivé. À l'instant même où le professeur Moriarty a disparu, j'ai compris tout à coup que le Destin m'accordait une chance vraiment extraordinaire.

I knew that Moriarty was not the only man who had sworn my death. There were at least three others whose desire for vengeance upon me would only be increased by the death of their leader. They were all most dangerous men. One or other would certainly get me. On the other hand, if all the world was convinced that I was dead they would take liberties, these men, they would soon lay themselves open, and sooner or later I could destroy them. Then it would be time for me to announce that I was still in the land of the living. So rapidly does the brain act that I believe I had thought this all out before Professor Moriarty had reached the bottom of the Reichenbach Fall.

"I stood up and examined the rocky wall behind me. In your picturesque account of the matter, which I read with great interest some months later, you assert that the wall was sheer. That was not literally true. A few small footholds presented themselves, and there was some indication of a ledge. The cliff is so high that to climb it all was an obvious impossibility, and it was equally impossible to make my way along the wet path without leaving some tracks. I might, it is true, have reversed my boots, as I have done on similar occasions, but the sight of three sets of tracks in one direction would certainly have suggested a deception.

Je savais que Moriarty n'était pas le seul homme à avoir juré ma perte. Il y en avait au moins trois autres dont la mort de leur chef ne ferait qu'attiser le désir de vengeance. Tous les trois étaient des individus particulièrement dangereux. L'un ou l'autre finirait bien par m'avoir ! Mais, d'autre part, si le monde entier était convaincu de ma mort, ces individus prendraient des libertés, ils s'exposeraient et, tôt ou tard, je pourrais les détruire. Il serait temps, alors, pour moi de faire savoir que j'étais encore sur la terre des vivants. Le cerveau travaille si rapidement que je crois avoir conçu tout cela avant même que le professeur Moriarty ait atteint le fond des chutes de Reichenbach.

« Je me suis relevé pour examiner la paroi rocheuse derrière moi. Dans le récit pittoresque que vous avez consacré à l'événement, et que j'ai lu avec beaucoup d'intérêt quelques mois plus tard, vous affirmez que la paroi était lisse. Ce n'était pas littéralement exact. On voyait quelques prises où mettre les pieds et on devinait une corniche. Le rocher perpendiculaire est si haut qu'il était manifestement impossible de l'escalader complètement, mais il m'était impossible également d'avancer sur le chemin humide sans laisser de traces. J'aurais pu, c'est vrai, mettre mes chaussures de marche à l'envers, comme je l'ai fait dans des occasions semblables ; mais la vue de ces trois séries d'empreintes allant dans une même direction aurait très certainement laissé supposer une tromperie.

On the whole, then, it was best that I should risk the climb. It was not a pleasant business, Watson. The fall roared beneath me. I am not a fanciful person, but I give you my word that I seemed to hear Moriarty's voice screaming at me out of the abyss. A mistake would have been fatal. More than once, as tufts of grass came out in my hand or my foot slipped in the wet notches of the rock, I thought that I was gone. But I struggled upward, and at last I reached a ledge several feet deep and covered with soft green moss, where I could lie unseen, in the most perfect comfort. There I was stretched, when you, my dear Watson, and all your following were investigating in the most sympathetic and inefficient manner the circumstances of my death.

"At last, when you had all formed your inevitable and totally erroneous conclusions, you departed for the hotel, and I was left alone. I had imagined that I had reached the end of my adventures, but a very unexpected occurrence showed me that there were surprises still in store for me. A huge rock, falling from above, boomed past me, struck the path, and bounded over into the chasm. For an instant I thought that it was an accident,

Tout compte fait, donc, il valait mieux me risquer dans l'escalade. Ce n'était pas une entreprise facile, Watson. En dessous de moi, les chutes d'eau grondaient. Je ne suis pas quelqu'un qui se laisse emporter par l'imagination, mais je vous jure que j'avais l'impression d'entendre la voix de Moriarty qui hurlait jusqu'à moi, du fond du gouffre. La moindre faute eût été fatale. Plus d'une fois, alors que des touffes d'herbe me restaient dans la main, ou que mon pied glissait dans les fissures humides du rocher, je me suis dit que c'en était fini de moi. Mais tant bien que mal, j'ai réussi à grimper, et je suis parvenu finalement à une corniche de quelques pieds de large, recouverte d'une douce mousse verte, où je pouvais me tenir allongé tout à fait confortablement sans être vu. C'est là que j'étais étendu, mon cher Watson, lorsque vous-même et tous les gens de votre suite êtes venus enquêter, de la manière la plus sympathique et la plus inefficace, sur les circonstances de ma mort.

« Pour finir, lorsque vous avez tous eu tiré vos conclusions inévitables et totalement erronées, vous avez repris le chemin de l'hôtel et je suis resté seul. J'avais imaginé que j'étais parvenu au terme de mes aventures, mais un événement très inattendu m'a montré que des surprises m'attendaient encore. Un gros rocher, tombant d'en haut, a dévalé à grand bruit à côté de moi, est tombé sur le sentier et a rebondi pour aller dans le gouffre. L'espace d'un instant, j'ai cru à un accident ;

but a moment later, looking up, I saw a man's head against the darkening sky, and another stone struck the very ledge upon which I was stretched, within a foot of my head. Of course, the meaning of this was obvious. Moriarty had not been alone. A confederate–and even that one glance had told me how dangerous a man that confederate was–had kept guard while the Professor had attacked me. From a distance, unseen by me, he had been a witness of his friend's death and of my escape. He had waited, and then making his way round to the top of the cliff, he had endeavoured to succeed where his comrade had failed.

"I did not take long to think about it, Watson. Again I saw that grim face look over the cliff, and I knew that it was the precursor of another stone. I scrambled down on to the path. I don't think I could have done it in cold blood. It was a hundred times more difficult than getting up. But I had no time to think of the danger, for another stone sang past me as I hung by my hands from the edge of the ledge. Halfway down I slipped, but, by the blessing of God, I landed, torn and bleeding, upon the path. I took to my heels,

mais, bientôt après, en regardant en l'air, j'ai vu une tête d'homme se détacher sur le ciel qui s'assombrissait et une autre pierre a heurté la corniche même où j'étais allongé, à seulement quelques dizaines de centimètres de ma tête. Naturellement, cela avait un sens évident. Moriarty n'était pas seul. Un complice – et même cet unique coup d'œil m'avait appris le danger que représentait ce complice – avait tout surveillé, tandis que le professeur m'attaquait. De loin, en restant invisible pour moi, il avait été témoin de la mort de son ami et de la façon dont je m'en étais tiré. Il avait attendu, puis, après avoir gagné le sommet de la muraille rocheuse par une voie détournée, il avait essayé de réussir là où son compagnon avait échoué.

« Je ne me suis pas beaucoup attardé à réfléchir, Watson. J'ai vu de nouveau ce visage sinistre qui regardait par-dessus la paroi rocheuse et j'ai compris que cela annonçait un nouveau rocher. En m'aidant de mes pieds et de mes mains, je me suis laissé retomber sur le sentier. Je crois que j'aurais été incapable de le faire, en agissant de sang-froid. C'était cent fois plus difficile que de monter. Mais je n'eus pas le loisir de penser à ce danger, car un autre rocher passa près de moi en sifflant, tandis que je me retenais par les mains au bord de la corniche. À mi-parcours mon pied a glissé, mais, grâce à Dieu, j'ai atterri sur le sentier, tout en sang avec mes blessures. Je me suis enfui à toutes jambes,

did ten miles over the mountains in the darkness, and a week later I found myself in Florence, with the certainty that no one in the world knew what had become of me.

"I had only one confidant—my brother Mycroft. I owe you many apologies, my dear Watson, but it was all-important that it should be thought I was dead, and it is quite certain that you would not have written so convincing an account of my unhappy end had you not yourself thought that it was true. Several times during the last three years I have taken up my pen to write to you, but always I feared lest your affectionate regard for me should tempt you to some indiscretion which would betray my secret. For that reason I turned away from you this evening when you upset my books, for I was in danger at the time, and any show of surprise and emotion upon your part might have drawn attention to my identity and led to the most deplorable and irreparable results. As to Mycroft, I had to confide in him in order to obtain the money which I needed. The course of events in London did not run so well as I had hoped, for the trial of the Moriarty gang left two of its most dangerous members,

j'ai parcouru une quinzaine de kilomètres à travers les montagnes, dans l'obscurité, et une semaine plus tard, je me suis retrouvé à Florence, avec la certitude que personne au monde ne savait ce que j'étais devenu.

« Seul mon frère Mycroft était dans la confidence. Je vous dois bien des excuses, mon cher Watson, mais il était de la plus haute importance que l'on me crût mort, et je suis bien sûr que vous n'auriez pas écrit un récit aussi convaincant de ma triste fin, si vous n'aviez pas été persuadé vous-même de dire la vérité. Au cours des trois dernières années, il m'est arrivé plusieurs fois de prendre la plume pour vous écrire. Mais j'ai toujours craint que l'estime affectueuse que vous éprouvez pour moi ne vous pousse à commettre une imprudence qui trahirait mon secret. C'est pour cette raison-là que je me suis détourné de vous ce soir, lorsque vous avez fait tomber mes livres, car j'étais en danger à ce moment-là, et toute manifestation de surprise et d'émotion de votre part aurait pu attirer l'attention sur mon identité et entraîner des conséquences particulièrement déplorables et irréparables. Quant à Mycroft, je devais le mettre dans la confidence pour obtenir l'argent dont j'avais besoin. La suite des événements à Londres ne se présenta pas aussi bien que je l'avais souhaité. En effet, le procès de la bande de Moriarty laissa en liberté deux de ses membres les plus dangereux,

my own most vindictive enemies, at liberty. I travelled for two years in Tibet, therefore, and amused myself by visiting Lhassa, and spending some days with the head lama. You may have read of the remarkable explorations of a Norwegian named Sigerson, but I am sure that it never occurred to you that you were receiving news of your friend. I then passed through Persia, looked in at Mecca, and paid a short but interesting visit to the Khalifa at Khartoum, the results of which I have communicated to the Foreign Office. Returning to France, I spent some months in a research into the coal-tar derivatives, which I conducted in a laboratory at Montpellier, in the south of France. Having concluded this to my satisfaction and learning that only one of my enemies was now left in London, I was about to return when my movements were hastened by the news of this very remarkable Park Lane Mystery, which not only appealed to me by its own merits, but which seemed to offer some most peculiar personal opportunities. I came over at once to London, called in my own person at Baker Street, threw Mrs. Hudson into violent hysterics, and found that Mycroft had preserved my rooms and my papers exactly as they had always been. So it was, my dear Watson,

qui étaient mes ennemis les plus acharnés à se venger. Je me suis donc rendu au Tibet, où je suis resté deux ans, je me suis amusé à visiter Lhassa et à passer quelques jours en compagnie du dalaï-lama. Vous avez peut-être lu des articles sur les explorations remarquables d'un Norvégien du nom de Sigerson, mais je suis bien sûr qu'il ne vous est jamais venu à l'esprit que vous receviez ainsi des nouvelles de votre ami. Ensuite, j'ai traversé la Perse, j'ai fait un petit tour par La Mecque et rendu une visite, brève mais intéressante, au calife de Khartoum, sur laquelle j'ai envoyé un rapport au Foreign Office. Je suis ensuite revenu par la France où j'ai passé quelques mois à faire des recherches sur les dérivés du goudron de houille, dans un laboratoire de Montpellier, dans le sud du pays. Après avoir achevé ce travail comme je le souhaitais et appris qu'il ne restait plus qu'un seul de mes ennemis à Londres, je m'apprêtais à revenir. Mais alors, mes mouvements furent précipités par la nouvelle de ce très remarquable Mystère de Park Lane, qui non seulement me passionnait en lui-même, mais semblait présenter pour moi une occasion exceptionnelle. Je suis rentré sur-le-champ à Londres et me suis présenté sous mon nom à Baker Street : cela a déclenché chez Mrs. Hudson une violente crise de nerfs et je me suis rendu compte que Mycroft avait laissé mon appartement et mes documents exactement tels qu'ils étaient auparavant. Voilà comment, mon cher Watson,

that at two o'clock to-day I found myself in my old armchair in my own old room, and only wishing that I could have seen my old friend Watson in the other chair which he has so often adorned."

Such was the remarkable narrative to which I listened on that April evening–a narrative which would have been utterly incredible to me had it not been confirmed by the actual sight of the tall, spare figure and the keen, eager face, which I had never thought to see again. In some manner he had learned of my own sad bereavement, and his sympathy was shown in his manner rather than in his words. "Work is the best antidote to sorrow, my dear Watson," said he; "and I have a piece of work for us both to-night which, if we can bring it to a successful conclusion, will in itself justify a man's life on this planet." In vain I begged him to tell me more. "You will hear and see enough before morning," he answered. "We have three years of the past to discuss. Let that suffice until half-past nine, when we start upon the notable adventure of the empty house."

It was indeed like old times when, at that hour,

aujourd'hui, à deux heures, je me suis retrouvé dans mon fauteuil habituel, dans mon salon habituel, regrettant seulement de ne pas voir mon vieil ami Watson dans cet autre fauteuil qu'il avait si souvent honoré de sa présence. »

Voilà le récit extraordinaire que j'ai entendu en cette soirée d'avril : un récit qui m'aurait paru parfaitement incroyable s'il n'avait été confirmé par la présence bien réelle de cette silhouette grande et mince et de ce visage ardent, au regard pénétrant, que je ne pensais jamais revoir un jour. D'une manière ou d'une autre, il avait appris la triste perte que j'avais subie[1] et il me manifesta sa sympathie par son comportement plus que par ses paroles. « Le travail est le meilleur antidote au chagrin, mon cher Watson, dit-il, et ce soir j'ai un travail pour nous deux qui, si nous parvenons à le mener jusqu'à une heureuse conclusion, pourra à lui seul justifier toute une vie d'homme sur cette planète. » Je l'ai prié, mais en vain, de m'en dire davantage. « Vous verrez et vous entendrez suffisamment de choses avant demain matin, me répondit-il. Nous avons à parler de ces trois années écoulées. Cela devrait vous suffire jusqu'à neuf heures et demie, ce soir, lorsque nous nous lancerons dans cette remarquable aventure de la maison vide. »

Tout à fait comme au bon vieux temps, à l'heure dite,

1. Il s'agit de la mort de sa femme, Mary.

I found myself seated beside him in a hansom, my revolver in my pocket, and the thrill of adventure in my heart. Holmes was cold and stern and silent. As the gleam of the street-lamps flashed upon his austere features, I saw that his brows were drawn down in thought and his thin lips compressed. I knew not what wild beast we were about to hunt down in the dark jungle of criminal London, but I was well assured, from the bearing of this master huntsman, that the adventure was a most grave one–while the sardonic smile which occasionally broke through his ascetic gloom boded little good for the object of our quest.

I had imagined that we were bound for Baker Street, but Holmes stopped the cab at the corner of Cavendish Square. I observed that as he stepped out he gave a most searching glance to right and left, and at every subsequent street corner he took the utmost pains to assure that he was not followed. Our route was certainly a singular one. Holmes's knowledge of the byways of London was extraordinary, and on this occasion he passed rapidly and with an assured step through a network of mews and stables, the very existence of which I had never known. We emerged at last into a small road, lined with old, gloomy houses, which led us into Manchester Street, and so to Blandford Street.

je me retrouvai assis à côté de lui dans un fiacre, mon revolver dans ma poche, et dans mon cœur le frisson de l'aventure. Holmes restait froid, grave et silencieux. Comme le faible éclat des réverbères éclairait par intermittence son visage austère, je m'aperçus qu'il avait le front contracté par la réflexion et que ses lèvres minces étaient serrées. Je ne savais pas quelle bête sauvage nous allions traquer dans la jungle obscure du crime, à Londres, mais j'étais convaincu, en voyant l'attitude de ce maître chasseur, que cette affaire était d'une gravité extrême, tandis que le sourire sardonique qui, de temps en temps, traversait son visage sombre et ascétique était de mauvais augure pour notre gibier.

J'avais supposé que nous nous rendions à Baker Street, mais Holmes fit arrêter le fiacre au coin de Cavendish Square. Je remarquai qu'en descendant il regarda très attentivement à droite et à gauche, et qu'ensuite, à chaque intersection de rues, il s'assura très soigneusement que nous n'étions pas suivis. Notre itinéraire était, assurément, singulicr. Hnlmes avait une connaissance exceptionnelle des chemins de traversc dans Londres. Et, ce jour-là, il s'engagea d'un pas rapide et décidé, dans un dédale de ruelles et d'écuries dont je n'avais jamais soupçonné l'existence. Finalement, nous débouchâmes dans une petite rue, bordée de vieilles maisons ténébreuses, qui nous conduisit à Manchester Street puis à Blandford Street.

Here he turned swiftly down a narrow passage, passed through a wooden gate into a deserted yard, and then opened with a key the back door of a house. We entered together, and he closed it behind us.

The place was pitch dark, but it was evident to me that it was an empty house. Our feet creaked and crackled over the bare planking, and my outstretched hand touched a wall from which the paper was hanging in ribbons. Holmes's cold, thin fingers closed round my wrist and led me forward down a long hall, until I dimly saw the murky fanlight over the door. Here Holmes turned suddenly to the right, and we found ourselves in a large, square, empty room, heavily shadowed in the corners, but faintly lit in the centre from the lights of the street beyond. There was no lamp near, and the window was thick with dust, so that we could only just discern each other's figures within. My companion put his hand upon my shoulder and his lips close to my ear.

"Do you know where we are?" he whispered.

"Surely that is Baker Street," I answered, staring through the dim window.

"Exactly. We are in Camden House, which stands opposite to our own old quarters."

"But why are we here?"

Là, il tourna prestement dans une étroite ruelle, et il passa par une porte en bois pour entrer dans une cour déserte, avant d'ouvrir avec une clef la porte donnant sur l'arrière d'une maison. Nous entrâmes tous les deux et il referma la porte.

L'endroit était plongé dans le noir total, mais il était évident pour moi que nous étions dans une maison vide. Nos pas faisaient grincer et craquer le parquet nu et, en tendant la main, je touchai un mur où le papier peint pendait en lambeaux. Les doigts fins et glacés de Holmes me saisirent par le poignet pour me faire passer par un long couloir au bout duquel j'aperçus confusément l'imposte sombre qui était au-dessus de la porte. Là, Holmes tourna tout à coup à droite et nous nous retrouvâmes dans une grande pièce carrée, vide, dont les coins étaient plongés dans une obscurité profonde et le centre faiblement éclairé par les lumières de la rue, dehors. Il n'y avait pas de lampe à proximité et la fenêtre était recouverte d'une couche de poussière si épaisse qu'à l'intérieur, nous pouvions tout juste distinguer nos silhouettes. Mon compagnon me mit la main sur l'épaule et approcha ses lèvres de mon oreille :

« Savez-vous où nous sommes ? me demanda-t-il à voix basse.

— C'est sûrement Baker Street, lui ai-je répondu, en regardant attentivement par la vitre sale.

— Exactement. Nous sommes à Camden House, qui est en face de notre appartement d'autrefois.

— Mais pourquoi sommes-nous ici ?

"Because it commands so excellent a view of that picturesque pile. Might I trouble you, my dear Watson, to draw a little nearer to the window, taking every precaution not to show yourself, and then to look up at our old rooms–the starting-point of so many of your little fairy-tales? We will see if my three years of absence have entirely taken away my power to surprise you."

I crept forward and looked across at the familiar window. As my eyes fell upon it, I gave a gasp and a cry of amazement. The blind was down, and a strong light was burning in the room. The shadow of a man who was seated in a chair within was thrown in hard, black outline upon the luminous screen of the window. There was no mistaking the poise of the head, the squareness of the shoulders, the sharpness of the features. The face was turned half-round, and the effect was that of one of those black silhouettes which our grandparents loved to frame. It was a perfect reproduction of Holmes. So amazed was I that I threw out my hand to make sure that the man himself was standing beside me. He was quivering with silent laughter.

"Well?" said he.

"Good heavens!" I cried. "It is marvellous."

— Parce que nous y avons une vue si exceptionnelle sur cet immeuble pittoresque. Puis-je vous demander, mon cher Watson, de vous approcher un peu de la fenêtre, en prenant toutes les précautions pour ne pas vous montrer, puis de lever les yeux vers notre logement d'autrefois, point de départ de tant de vos petites histoires ? Nous allons voir si trois ans d'absence m'ont complètement privé de mon pouvoir de vous surprendre. »

Je m'avançai furtivement, pour regarder en face, en direction de la fenêtre que je connaissais bien. Lorsque mes yeux la trouvèrent, j'eus un sursaut et je poussai un cri de stupeur. Le store était baissé et, à l'intérieur de la pièce, il y avait une forte lumière. L'ombre d'un homme, assis dans un fauteuil, se détachait très nettement sur l'écran lumineux de la fenêtre. On ne pouvait se méprendre en voyant ce port de tête, ces épaules carrées, ce profil anguleux. Le visage était à demi tourné et produisait le même effet que l'une de ces silhouettes noires que nos grands-parents adoraient encadrer. C'était une réplique parfaite de Holmes. J'étais tellement surpris que j'avançai la main pour m'assurer que le vrai se tenait là, à côté de moi. Il était tout palpitant, sous l'effet d'un rire contenu.

« Eh bien ? fit-il.

— Bonté divine ! m'écriai-je, c'est prodigieux.

"I trust that age doth not wither nor custom stale my infinite variety," said he, and I recognized in his voice the joy and pride which the artist takes in his own creation. "It really is rather like me, is it not?"

"I should be prepared to swear that it was you."

"The credit of the execution is due to Monsieur Oscar Meunier, of Grenoble, who spent some days in doing the moulding. It is a bust in wax. The rest I arranged myself during my visit to Baker Street this afternoon."

"But why?"

"Because, my dear Watson, I had the strongest possible reason for wishing certain people to think that I was there when I was really elsewhere."

"And you thought the rooms were watched?"

"I *knew* that they were watched."

"By whom?"

"By my old enemies, Watson. By the charming society whose leader lies in the Reichenbach Fall.

1. Il y a là un écho certain de la pièce de Shakespeare *Antoine et Cléopâtre*, où un personnage déclare que jamais Antoine ne quittera Cléopâtre, car : « L'âge ne peut la flétrir, ni l'accoutumance épuiser / Son infinie variété » (II, 2, 242-243). Traduction de Jean-Michel Déprats et Gisèle Venet. Shakespeare, *Tragédies II*, Paris, Gallimard, Bibliothèque de la Pléiade, 2002.

— Je pense que l'âge ne peut flétrir, ni l'accoutumance épuiser mon infinie variété[1] », dit-il. Et je reconnus dans sa voix la joie et la fierté que l'artiste trouve dans sa propre création. « En vérité, cela me ressemble assez, non ?

— J'aurais pu jurer que c'était vous.

— Le mérite de l'exécution revient à Monsieur Oscar Meunier[2], de Grenoble, qui a passé plusieurs jours à réaliser le moulage. Il s'agit d'un buste en cire. Le reste, je l'ai mis au point moi-même, au cours de mon passage à Baker Street, cet après-midi.

— Mais dans quel but ?

— Parce que, mon cher Watson, j'avais toutes les raisons du monde de vouloir faire croire à certaines personnes que j'étais là, alors qu'en fait j'étais ailleurs.

— Et vous pensiez que l'appartement était surveillé ?

— Je savais pertinemment qu'il était surveillé.

— Et par qui ?

— Par mes vieux ennemis, Watson. Par cette charmante association dont le chef repose dans les chutes de Reichenbach.

2. On peut se demander si ce nom ne désigne pas un spécialiste des figures de cire ayant travaillé au musée de Madame Tussaud (l'équivalent londonien du musée Grévin de Paris, ouvert au XIXe siècle). Il faut savoir, en effet, que ce musée de Londres se trouve dans Marylebone Road, à quelques pas seulement de l'appartement de Sherlock Holmes, au 221B Baker Street, qui abrite maintenant le musée Sherlock Holmes.

You must remember that they knew, and only they knew, that I was still alive. Sooner or later they believed that I should come back to my rooms. They watched them continuously, and this morning they saw me arrive."

"How do you know?"

"Because I recognized their sentinel when I glanced out of my window. He is a harmless enough fellow, Parker by name, a garroter by trade, and a remarkable performer upon the jew's-harp. I cared nothing for him. But I cared a great deal for the much more formidable person who was behind him, the bosom friend of Moriarty, the man who dropped the rocks over the cliff, the most cunning and dangerous criminal in London. That is the man who is after me to-night, Watson, and that is the man who is quite unaware that we are after *him*."

My friend's plans were gradually revealing themselves. From this convenient retreat, the watchers were being watched and the trackers tracked. That angular shadow up yonder was the bait, and we were the hunters. In silence we stood together in the darkness and watched the hurrying figures who passed and repassed in front of us. Holmes was silent and motionless; but I could tell that he was keenly alert, and that his eyes were fixed intently upon the stream of passers-by.

Rappelez-vous qu'ils savaient, et qu'ils étaient les seuls à savoir, que j'étais encore en vie. Ils pensaient bien que, tôt ou tard, je reviendrais à mon appartement. Ils l'observaient en permanence et, ce matin, ils m'ont vu arriver.

— Comment le savez-vous ?

— Parce que j'ai reconnu leur guetteur, lorsque j'ai jeté un coup d'œil par la fenêtre. C'est un gars assez inoffensif, dénommé Parker, un professionnel du garrot, qui n'a pas son pareil pour jouer de la guimbarde. Je ne me souciais guère de lui, mais je me souciais bien davantage de l'individu beaucoup plus redoutable qui était derrière lui, l'ami intime de Moriarty, l'homme qui avait fait tomber les rochers sur la paroi de Reichenbach, le criminel le plus rusé et le plus dangereux de Londres. Voilà l'homme qui me recherche ce soir, Watson, et qui ne sait pas que nous sommes en fait à sa recherche. »

Les plans de mon ami commençaient à m'apparaître peu à peu plus clairement. Depuis cet abri commodément placé, les guetteurs étaient guettés et les poursuivants poursuivis. L'ombre anguleuse qui apparaissait là-haut était l'appât et nous étions les chasseurs. Nous restâmes là en silence tous les deux dans l'obscurité, à observer les silhouettes pressées qui passaient et repassaient devant nous. Holmes était silencieux et immobile ; mais je voyais bien qu'il était très vigilant et que son regard était concentré sur le flot des passants.

It was a bleak and boisterous night, and the wind whistled shrilly down the long street. Many people were moving to and fro, most of them muffled in their coats and cravats. Once or twice it seemed to me that I had seen the same figure before, and I especially noticed two men who appeared to be sheltering themselves from the wind in the doorway of a house some distance up the street. I tried to draw my companion's attention to them; but he gave a little ejaculation of impatience, and continued to stare into the street. More than once he fidgeted with his feet and tapped rapidly with his fingers upon the wall. It was evident to me that he was becoming uneasy, and that his plans were not working out altogether as he had hoped. At last, as midnight approached and the street gradually cleared, he paced up and down the room in uncontrollable agitation. I was about to make some remark to him, when I raised my eyes to the lighted window, and again experienced almost as great a surprise as before. I clutched Holmes's arm, and pointed upward.

"The shadow has moved!" I cried.

It was indeed no longer the profile, but the back, which was turned towards us.

Three years had certainly not smoothed the asperities of his temper or his impatience with a less active intelligence than his own.

La nuit était froide et agitée, le vent faisait entendre ses cris aigus dans la longue rue. Beaucoup de gens allaient et venaient, pour la plupart engoncés dans leur manteau et leur cache-col. Une fois ou deux, j'eus l'impression d'avoir déjà vu la même silhouette auparavant, et je remarquai particulièrement deux hommes qui semblaient se protéger du vent sous le porche d'une maison située un peu plus loin dans la rue. J'essayai d'attirer vers eux l'attention de mon compagnon, mais il m'exprima sèchement son agacement, en continuant de fixer la rue. À plusieurs reprises, ses pieds s'agitèrent et ses doigts tapotèrent vivement sur le mur. Je me rendais bien compte qu'il devenait nerveux et que ses plans ne fonctionnaient pas aussi parfaitement qu'il l'aurait souhaité. Finalement, tandis que l'on approchait de minuit et que peu à peu la rue se vidait, il se mit à marcher de long en large dans la pièce, en proie à une agitation qu'il ne pouvait maîtriser. J'allais lui faire une remarque, quand je levai les yeux vers la fenêtre éclairée et, de nouveau, je ressentis une grande surprise, presque aussi forte que la précédente. Je saisis le bras de Holmes en lui faisant signe de regarder en haut.

« L'ombre a bougé ! » m'écriai-je.

De fait, ce n'était plus le profil, mais le dos qui était désormais tourné vers nous.

Trois années n'avaient manifestement pas émoussé les aspérités de son caractère, ni réduit son agacement devant une intelligence moins vive que la sienne.

"Of course it has moved," said he. "Am I such a farcical bungler, Watson, that I should erect an obvious dummy, and expect that some of the sharpest men in Europe would be deceived by it? We have been in this room two hours, and Mrs. Hudson has made some change in that figure eight times, or once in every quarter of an hour. She works it from the front, so that her shadow may never be seen. Ah!" He drew in his breath with a shrill, excited intake. In the dim light I saw his head thrown forward, his whole attitude rigid with attention. Outside the street was absolutely deserted. Those two men might still be crouching in the doorway, but I could no longer see them. All was still and dark, save only that brilliant yellow screen in front of us with the black figure outlined upon its centre. Again in the utter silence I heard that thin, sibilant note which spoke of intense suppressed excitement. An instant later he pulled me back into the blackest corner of the room, and I felt his warning hand upon my lips. The fingers which clutched me were quivering. Never had I known my friend more moved, and yet the dark street still stretched lonely and motionless before us.

But suddenly I was aware of that which his keener senses had already distinguished.

« Naturellement, elle a bougé, dit-il. Suis-je un fumiste grotesque, Watson, au point d'avoir réalisé un mannequin facile à identifier comme tel, en m'attendant à tromper ainsi certains des hommes les plus futés d'Europe ? Cela fait deux heures que nous sommes dans cette pièce, et Mrs. Hudson est intervenue huit fois pour modifier l'apparence du mannequin, soit une fois tous les quarts d'heure. Elle le manipule par le devant, de manière que l'on ne voie pas son ombre. Ah !... » L'émotion lui fit prendre une inspiration stridente. Dans la pénombre, je le vis tout à coup avancer la tête et contracter tout son corps sous l'effet de l'attention. Dehors, la rue était absolument vide. Les deux hommes étaient peut-être encore tapis sous leur porche, mais je ne les voyais plus. Tout demeurait immobile et obscur, à l'exception de cet écran jaune lumineux, en face de nous, au centre duquel se détachait la silhouette noire. De nouveau, dans le silence complet, j'entendis ce léger sifflement qui traduisait une vive émotion contenue. L'instant d'après, il me tira en arrière pour me faire revenir dans le coin le plus sombre de la pièce, et je sentis sa main sur mes lèvres, en signe de mise en garde. Les doigts qui me saisirent tremblaient. Jamais je n'avais vu mon ami ému à ce point-là, et pourtant, devant nous, la rue obscure demeurait déserte, sans aucun mouvement.

Mais, soudain, je pris conscience de ce que ses sens plus affûtés avaient déjà perçu.

A low, stealthy sound came to my ears, not from the direction of Baker Street, but from the back of the very house in which we lay concealed. A door opened and shut. An instant later steps crept down the passage–steps which were meant to be silent, but which reverberated harshly through the empty house. Holmes crouched back against the wall, and I did the same, my hand closing upon the handle of my revolver. Peering through the gloom, I saw the vague outline of a man, a shade blacker than the blackness of the open door. He stood for an instant, and then he crept forward, crouching, menacing, into the room. He was within three yards of us, this sinister figure, and I had braced myself to meet his spring, before I realized that he had no idea of our presence. He passed close beside us, stole over to the window, and very softly and noiselessly raised it for half a foot. As he sank to the level of this opening, the light of the street, no longer dimmed by the dusty glass, fell full upon his face. The man seemed to be beside himself with excitement. His two eyes shone like stars, and his features were working convulsively.

Un bruit sourd et furtif parvint à mes oreilles, venant non pas de la direction de Baker Street, mais bien de l'arrière de la maison où nous étions cachés. Celui d'une porte ouverte, puis refermée. Un instant plus tard, on entendit des pas s'avancer discrètement dans le couloir, des pas qui se voulaient silencieux, mais dont le bruit se répandait brutalement dans toute la maison vide. Holmes recula pour se plaquer contre le mur et j'en fis autant, la main serrée sur la crosse de mon revolver. En scrutant l'obscurité, je vis la vague silhouette d'un homme, légèrement plus sombre que le noir de la porte ouverte. Il resta immobile un instant puis, peu à peu, recroquevillé et menaçant, il s'avança dans la pièce. Cette silhouette sinistre était à moins de trois mètres de nous, et je m'étais armé de courage pour l'arrêter dans son élan, mais je compris qu'il ne se doutait nullement de notre présence. Il passa tout près de nous, se dirigea furtivement vers la fenêtre, pour la soulever[1] d'une quinzaine de centimètres, très doucement, sans le moindre bruit. Lorsqu'il se baissa pour se mettre au niveau de cette ouverture, les lumières de la rue, qui n'étaient plus obscurcies par la crasse de la vitre, éclairèrent pleinement son visage. L'homme semblait en proie à une véritable passion. Ses yeux brillaient comme des étoiles et son visage était agité de mouvements convulsifs.

1. Pour mieux visualiser la scène, on se rappellera que les Anglais ont des fenêtres à guillotine.

He was an elderly man, with a thin, projecting nose, a high, bald forehead, and a huge grizzled moustache. An opera hat was pushed to the back of his head, and an evening dress shirt-front gleamed out through his open overcoat. His face was gaunt and swarthy, scored with deep, savage lines. In his hand he carried what appeared to be a stick, but as he laid it down upon the floor it gave a metallic clang. Then from the pocket of his overcoat he drew a bulky object, and he busied himself in some task which ended with a loud, sharp click, as if a spring or bolt had fallen into its place. Still kneeling upon the floor he bent forward and threw all his weight and strength upon some lever, with the result that there came a long, whirling, grinding noise, ending once more in a powerful click. He straightened himself then, and I saw that what he held in his hand was a sort of gun, with a curiously misshapen butt. He opened it at the breech, put something in, and snapped the breech-lock. Then, crouching down, he rested the end of the barrel upon the ledge of the open window, and I saw his long moustache droop over the stock and his eye gleam as it peered along the sights. I heard a little sigh of satisfaction as he cuddled the butt into his shoulder, and saw that amazing target, the black man on the yellow ground, standing clear at the end of his foresight.

C'était un homme d'un certain âge, qui avait un nez fin et saillant, un front haut et dégarni, et une épaisse moustache poivre et sel. Il portait un haut-de-forme, rejeté sur l'arrière de la tête, et le plastron de sa tenue de soirée faisait une tache blanche sous son pardessus ouvert. Son visage basané était décharné et parcouru de profondes rides qui lui donnaient un air féroce. Il portait quelque chose qui ressemblait à une canne, mais lorsqu'il la posa par terre, celle-ci rendit un son métallique. Alors, de la poche de son manteau, il sortit un objet volumineux et se livra à une tâche qui s'acheva par un bruit de déclic bien audible, comme si un ressort ou un verrou venait de se mettre en place. Toujours agenouillé sur le plancher, il se pencha en avant et appuya de tout son poids et de toute sa force sur un levier, tant et si bien que l'on entendit un long grincement de rotation, qui se termina une fois encore par un déclic sonore. Il se redressa alors, et je vis que ce qu'il tenait à la main était une sorte de fusil dont la crosse avait une forme curieusement inhabituelle. Il ouvrit la culasse, y introduisit quelque chose et en referma la sécurité. Puis, une fois accroupi, il posa l'extrémité du canon sur le rebord de la fenêtre ouverte, et je vis sa longue moustache se poser sur le bois du fusil et son œil briller en regardant par le viseur. Je l'entendis pousser un petit soupir de satisfaction en blottissant la crosse contre son épaule et je vis cette cible étonnante, l'homme noir sur fond jaune, se détacher nettement à l'extrémité de sa ligne de mire.

For an instant he was rigid and motionless. Then his finger tightened on the trigger. There was a strange, loud whiz and a long, silvery tinkle of broken glass. At that instant Holmes sprang like a tiger on to the marksman's back, and hurled him flat upon his face. He was up again in a moment, and with convulsive strength he seized Holmes by the throat, but I struck him on the head with the butt of my revolver, and he dropped again upon the floor. I fell upon him, and as I held him my comrade blew a shrill call upon a whistle. There was the clatter of running feet upon the pavement, and two policemen in uniform, with one plain-clothes detective, rushed through the front entrance and into the room.

"That you, Lestrade?" said Holmes.

"Yes, Mr. Holmes. I took the job myself. It's good to see you back in London, sir."

"I think you want a little unofficial help. Three undetected murders in one year won't do, Lestrade. But you handled the Molesey Mystery with less than your usual–that's to say, you handled it fairly well."

We had all risen to our feet, our prisoner breathing hard, with a stalwart constable on each side of him. Already a few loiterers had begun to collect in the street. Holmes stepped up to the window, closed it, and dropped the blinds.

Pendant un instant, il resta immobile, bien raide. Puis son doigt appuya sur la détente. J'entendis distinctement un étrange sifflement et le long tintement argentin d'une vitre brisée. À cet instant, Holmes se jeta comme un tigre sur le dos du tireur et le fit tomber, face contre terre. L'homme se releva instantanément et, avec une force convulsive, il attrapa Holmes par la gorge. Mais je le frappai avec la crosse de mon revolver et, de nouveau, il tomba par terre. Alors je me précipitai sur lui et, tandis que je le tenais, mon camarade lança un coup de sifflet strident. On entendit courir sur le trottoir, deux policiers en uniforme ainsi qu'un inspecteur en civil firent irruption dans la pièce en passant par l'entrée de la façade.

« C'est vous, Lestrade ? demanda Holmes.

— Oui, Mr. Holmes. J'ai pris l'affaire personnellement en main. Ça fait plaisir de vous voir de retour à Londres, monsieur.

— Je crois que vous avez besoin d'une petite aide officieuse. Trois crimes non élucidés dans la même année, ce n'est pas admissible, Lestrade. Mais vous avez conduit l'affaire Molesey avec un peu moins de votre habituel… disons assez bien ! »

Nous nous étions alors tous relevés et notre prisonnier, encadré par deux policiers vigoureux, respirait avec peine. Déjà quelques badauds avaient commencé à se rassembler dans la rue. Holmes s'avança vers la fenêtre, la ferma et baissa le store.

Lestrade had produced two candles, and the policemen had uncovered their lanterns. I was able at last to have a good look at our prisoner.

It was a tremendously virile and yet sinister face which was turned towards us. With the brow of a philosopher above and the jaw of a sensualist below, the man must have started with great capacities for good or for evil. But one could not look upon his cruel blue eyes, with their drooping, cynical lids, or upon the fierce, aggressive nose and the threatening, deep-lined brow, without reading Nature's plainest danger-signals. He took no heed of any of us, but his eyes were fixed upon Holmes's face with an expression in which hatred and amazement were equally blended. "You fiend!" he kept on muttering. "You clever, clever fiend!"

"Ah, Colonel!" said Holmes, arranging his rumpled collar. " 'Journeys end in lovers' meetings,' as the old play says. I don't think I have had the pleasure of seeing you since you favoured me with those attentions as I lay on the ledge above the Reichenbach Fall."

Lestrade avait sorti deux bougies et les policiers avaient ôté le cache qui recouvrait leur lanterne sourde. J'étais enfin capable de bien voir notre prisonnier.

Le visage qui était tourné vers nous était terriblement viril, mais sinistre. En haut, il avait le front d'un philosophe, et en bas, la mâchoire d'un jouisseur : l'homme avait dû aborder la vie avec des dons remarquables pour le bien comme pour le mal. Mais on ne pouvait pas regarder ses yeux bleus cruels, avec leurs paupières tombantes cyniques, ni son nez agressif, féroce, ni son front sillonné de plis menaçants sans y voir des signes de danger particulièrement évidents que donnait la Nature. Il ne faisait pas du tout attention à nous, mais son regard était fixé sur le visage de Holmes, avec une expression où se lisait un parfait mélange de haine et de stupeur. Il n'arrêtait pas de marmonner : « Espèce de monstre !… de monstre à l'intelligence diabolique ! »

« Ah, colonel ! dit Holmes en rajustant son col froissé, “Les voyages aboutissent toujours à rapprocher les amoureux”, comme le dit la pièce ancienne[1]. Je ne crois pas avoir eu le plaisir de vous voir depuis que vous m'avez honoré de vos attentions, lorsque j'étais sur la corniche, au-dessus des chutes de Reichenbach. »

1. Il s'agit en effet d'un vers extrait de la chanson du bouffon Feste, dans la pièce de Shakespeare *La Nuit des rois* (II, 3, 46).

The colonel still stared at my friend like a man in a trance. “You cunning, cunning fiend!” was all that he could say.

“I have not introduced you yet,” said Holmes. “This, gentlemen, is Colonel Sebastian Moran, once of Her Majesty’s Indian Army, and the best heavy-game shot that our Eastern Empire has ever produced. I believe I am correct, Colonel, in saying that your bag of tigers still remains unrivalled?”

The fierce old man said nothing, but still glared at my companion. With his savage eyes and bristling moustache he was wonderfully like a tiger himself.

“I wonder that my very simple stratagem could deceive so old a *shikari*,” said Holmes. “It must be very familiar to you. Have you not tethered a young kid under a tree, lain above it with your rifle, and waited for the bait to bring up your tiger? This empty house is my tree, and you are my tiger. You have possibly had other guns in reserve in case there should be several tigers, or in the unlikely supposition of your own aim failing you. These,” he pointed around, “are my other guns. The parallel is exact.”

Le colonel continuait de fixer mon ami, comme s'il était envoûté. « Espèce de monstre, de monstre rusé ! » Voilà tout ce qu'il pouvait dire.

« Je n'ai pas encore fait les présentations, dit Holmes. Messieurs, je vous présente le colonel Sebastian Moran, ancien officier de l'armée des Indes de Sa Majesté, et le meilleur tireur de gros gibier qu'ait jamais connu notre Empire d'Orient. Je crois ne pas me tromper, colonel, en disant que votre record de tigres abattus reste toujours inégalé ? »

Le vieil homme brutal ne dit rien, mais continua de regarder furieusement mon compagnon. Il était étonnant de voir à quel point, avec ses yeux féroces et sa moustache hérissée, il ressemblait lui-même à un tigre.

« Je m'étonne que mon stratagème très simple ait pu tromper un vieux *shikari*[1] comme vous, dit Holmes. Vous devez bien le connaître. N'avez-vous jamais attaché un jeune chevreau sous un arbre, pour vous tenir au-dessus avec votre fusil et attendre que l'appât fasse venir votre tigre ? Cette maison vide est mon arbre et vous êtes mon tigre. Vous aviez sans doute d'autres fusils en réserve, au cas où il y aurait eu plusieurs tigres, ou bien dans l'hypothèse fort improbable où vous auriez raté votre coup. Voici mes autres fusils, dit-il en montrant ceux qui l'entouraient. Mon parallèle se tient parfaitement. »

1. Terme anglo-indien qui désigne un chasseur.

Colonel Moran sprang forward with a snarl of rage, but the constables dragged him back. The fury upon his face was terrible to look at.

"I confess that you had one small surprise for me," said Holmes. "I did not anticipate that you would yourself make use of this empty house and this convenient front window. I had imagined you as operating from the street, where my friend Lestrade and his merry men were awaiting you. With that exception, all has gone as I expected."

Colonel Moran turned to the official detective.

"You may or may not have just cause for arresting me," said he, "but at least there can be no reason why I should submit to the gibes of this person. If I am in the hands of the law, let things be done in a legal way."

"Well, that's reasonable enough," said Lestrade. "Nothing further you have to say, Mr. Holmes, before we go?"

Holmes had picked up the powerful air-gun from the floor, and was examining its mechanism.

"An admirable and unique weapon," said he, "noiseless and of tremendous power: I knew Von Herder, the blind German mechanic, who constructed it to the order of the late Professor Moriarty. For years I have been aware of its existence,

Le colonel Moran tenta de se précipiter en avant, dans un grognement de rage, mais les policiers le retinrent. La fureur qui se lisait sur son visage était terrible à voir.

« J'avoue que vous m'avez réservé une petite surprise, dit Holmes. Je n'avais pas prévu que vous utiliseriez, vous aussi, cette maison vide et cette fenêtre commode donnant sur la rue. J'avais supposé que vous alliez opérer depuis la rue, où vous attendaient mon ami Lestrade et ses joyeux compagnons. À cette exception près, tout s'est déroulé comme je m'y attendais. »

Le colonel Moran se tourna vers l'inspecteur de police détenteur de l'autorité :

« Que vous ayez, ou non, un bon motif pour m'arrêter, dit-il, vous n'avez toutefois aucune raison de m'exposer aux railleries de ce personnage. Si je suis aux mains de la loi, que les choses se déroulent selon la procédure légale.

— Eh bien, voilà qui me paraît assez raisonnable, dit Lestrade. Vous n'avez rien à ajouter, Mr. Holmes, avant que nous partions ? »

Holmes avait ramassé par terre le puissant fusil à air comprimé et il en examinait le mécanisme.

« Une arme admirable et unique en son genre, dit-il. Elle ne fait pas de bruit et elle a une puissance énorme. J'ai connu von Herder, le mécanicien allemand aveugle qui l'a construite, à la demande de feu le professeur Moriarty. J'étais au courant de son existence depuis des années,

though I have never before had the opportunity of handling it. I commend it very specially to your attention, Lestrade, and also the bullets which fit it."

"You can trust us to look after that, Mr. Holmes," said Lestrade, as the whole party moved towards the door. "Anything further to say?"

"Only to ask what charge you intend to prefer?"

"What charge, sir? Why, of course, the attempted murder of Mr. Sherlock Holmes."

"Not so, Lestrade. I do not propose to appear in the matter at all. To you, and to you only, belongs the credit of the remarkable arrest which you have effected. Yes, Lestrade, I congratulate you! With your usual happy mixture of cunning and audacity, you have got him."

"Got him! Got whom, Mr. Holmes?"

"The man that the whole force has been seeking in vain–Colonel Sebastian Moran, who shot the Honourable Ronald Adair with an expanding bullet from an air-gun through the open window of the second-floor front of No. 427 Park Lane, upon the thirtieth of last month. That's the charge, Lestrade. And now, Watson, if you can endure the draught from a broken window, I think that half an hour in my study over a cigar may afford you some profitable amusement."

mais je n'avais encore jamais eu l'occasion de l'avoir en main. Je la recommande spécialement à votre attention, Lestrade, ainsi que les balles qui vont avec.

— Vous pouvez nous faire confiance, nous allons nous en occuper, Mr. Holmes, dit Lestrade, tandis que le petit groupe se déplaçait vers la porte. Vous n'avez rien à ajouter ?

— Juste une question : quel chef d'accusation avez-vous l'intention de retenir ?

— Quel chef d'accusation, monsieur ? Eh bien, naturellement, une tentative de meurtre sur la personne de Mr. Sherlock Holmes.

— Oh, non, Lestrade ! Je ne tiens pas du tout à apparaître dans cette affaire. C'est à vous, et à vous seul, que revient le mérite d'avoir effectué cette remarquable arrestation. Oui, Lestrade, je vous adresse mes félicitations ! Avec votre mélange habituel de ruse et d'audace, vous l'avez capturé.

— Capturé ! Mais capturé qui, Mr. Holmes ?

— L'homme que toute la police recherche en vain… le colonel Sebastian Moran, qui a tué l'Honorable Ronald Adair, d'une balle dum-dum, tirée à l'aide d'un fusil à air comprimé, par la fenêtre ouverte du deuxième étage, sur la façade du 427 Park Lane, le 30 du mois dernier. Voilà le chef d'accusation, Lestrade. Et maintenant, Watson, si vous êtes capable de supporter le courant d'air que crée une vitre cassée, je crois qu'une demi-heure passée dans mon bureau à fumer un cigare peut vous apporter une distraction utile. »

Our old chambers had been left unchanged through the supervision of Mycroft Holmes and the immediate care of Mrs. Hudson. As I entered I saw, it is true, an unwonted tidiness, but the old landmarks were all in their place. There were the chemical corner and the acid-stained, deal-topped table. There upon a shelf was the row of formidable scrap-books and books of reference which many of our fellow-citizens would have been so glad to burn. The diagrams, the violin-case, and the pipe-rack–even the Persian slipper which contained the tobacco–all met my eyes as I glanced round me. There were two occupants of the room–one, Mrs. Hudson, who beamed upon us both as we entered–the other, the strange dummy which had played so important a part in the evening's adventures. It was a wax-coloured model of my friend, so admirably done that it was a perfect facsimile. It stood on a small pedestal table with an old dressing-gown of Holmes's so draped round it that the illusion from the street was absolutely perfect.

"I hope you observed all precautions, Mrs. Hudson?" said Holmes.

"I went to it on my knees, sir, just as you told me."

Notre ancien appartement n'avait pas changé, grâce à la vigilance de Mycroft Holmes et, plus directement, aux soins de Mrs. Hudson. Il est vrai qu'en entrant je remarquai qu'il y régnait un ordre inhabituel, mais les vieux points de repère étaient tous à leur place. Il y avait le coin dédié à la chimie et la table dont le dessus était en bois blanc, avec ses taches d'acide. Sur une étagère étaient rangés ces redoutables recueils de coupures de presse et d'archives que beaucoup de nos compatriotes auraient tellement aimé pouvoir brûler. Les schémas, l'étui à violon, le râtelier à pipes… et même la babouche qui contenait le tabac… je vis tout cela en regardant autour de moi. Il y avait déjà deux personnes dans la pièce : l'une était Mrs. Hudson, qui nous accueillit tous les deux d'un sourire rayonnant, et l'autre, l'étrange mannequin qui avait joué un rôle si important dans les aventures de la soirée. C'était une figure de cire de mon ami, exécutée de façon si admirable qu'elle constituait une réplique parfaite. Elle était posée sur une petite table-support et l'on avait disposé en dessous une vieille robe de chambre de Holmes, de telle façon que l'illusion était vraiment complète, depuis la rue.

« J'espère que vous avez observé toutes les précautions, Mrs. Hudson ? dit Holmes.

— Je m'en suis approchée à genoux, monsieur, bien comme vous me l'avez dit.

"Excellent. You carried the thing out very well. Did you observe where the bullet went?"

"Yes, sir. I'm afraid it has spoilt your beautiful bust, for it passed right through the head and flattened itself on the wall. I picked it up from the carpet. Here it is!"

Holmes held it out to me. "A soft revolver bullet, as you perceive, Watson. There's genius in that, for who would expect to find such a thing fired from an air-gun? All right, Mrs. Hudson. I am much obliged for your assistance. And now, Watson, let me see you in your old seat once more, for there are several points which I should like to discuss with you."

He had thrown off the seedy frockcoat, and now he was the Holmes of old in the mouse-coloured dressing-gown which he took from his effigy.

"The old *shikari's* nerves have not lost their steadiness, nor his eyes their keenness," said he, with a laugh, as he inspected the shattered forehead of his bust.

"Plumb in the middle of the back of the head and smack through the brain. He was the best shot in India, and I expect that there are few better in London. Have you heard the name?"

"No, I have not."

"Well, well, such is fame! But, then, if I remember right, you had not heard the name of Professor James Moriarty,

— Excellent ! Vous avez très bien joué le jeu. Avez-vous remarqué où la balle est allée se nicher ?

— Oui, monsieur. Malheureusement, elle a endommagé votre beau buste, car elle a traversé la tête pour aller s'écraser contre le mur. Je l'ai ramassée sur le tapis. La voici ! »

Holmes me la tendit. « Une balle tendre de revolver, comme vous voyez, Watson. Il y a là une idée géniale… car qui s'attendrait à voir une telle balle tirée par un fusil à air comprimé ? Très bien, Mrs. Hudson. Je vous suis très obligé de votre aide. Et maintenant, Watson, je veux vous voir une fois de plus dans votre fauteuil habituel, car il y a plusieurs points dont j'aimerais discuter avec vous. »

Il s'était débarrassé de la redingote râpée, redevenant le Holmes d'autrefois, vêtu de la robe de chambre gris souris qu'il avait enlevée au mannequin.

« Les nerfs du vieux *shikari* n'ont rien perdu de leur sûreté, ni ses yeux de leur acuité », dit-il en riant, tandis qu'il examinait le front fracassé de son buste.

« En plein milieu du crâne, à l'arrière, et paf à travers le cerveau. Aux Indes, c'était le meilleur fusil, et il me semble bien qu'il n'y en a pas beaucoup de meilleurs, à Londres. Vous le connaissez de nom ?

— Non, je ne le connais pas.

— Ah, voyez-vous, voilà bien les limites de la renommée ! Mais, d'autre part, si mes souvenirs sont exacts, vous ne connaissiez pas non plus le nom du professeur James Moriarty,

who had one of the great brains of the century. Just give me down my index of biographies from the shelf."

He turned over the pages lazily, leaning back in his chair and blowing great clouds from his cigar.

"My collection of M's is a fine one," said he. "Moriarty himself is enough to make any letter illustrious, and here is Morgan the poisoner, and Merridew of abominable memory, and Mathews, who knocked out my left canine in the waiting-room at Charing Cross, and, finally, here is our friend of to-night."

He handed over the book, and I read:

> *Moran, Sebastian, Colonel.* Unemployed. Formerly 1st Bangalore Pioneers. Born London, 1840. Son of Sir Augustus Moran, C.B., once British Minister to Persia. Educated Eton and Oxford. Served in Jowaki Campaign, Afghan Campaign, Charasiab (despatches), Sherpur, and Cabul. Author of *Heavy Game of the Western Himalayas* (1881); *Three Months in the Jungle* (1884).

l'un des plus grands cerveaux de notre siècle. S'il vous plaît, passez-moi mon index des biographies qui se trouve sur l'étagère. »

Bien calé dans son fauteuil et dégageant de gros nuages de fumée de son cigare, il tourna nonchalamment les pages.

« Ma collection, pour la lettre M, est magnifique, dit-il. Moriarty, à lui tout seul, suffit à donner du prestige à n'importe quelle lettre. Mais voici aussi Morgan l'empoisonneur, Merridew de sinistre mémoire, Mathews qui m'a fait perdre ma canine gauche dans la salle d'attente de Charing Cross[1], et voici enfin notre ami de ce soir. »

Il me passa le livre et je lus :

> *Moran, Sebastian, colonel.* Sans profession. Précédemment au 1er régiment des pionniers de Bangalore. Né à Londres en 1840. Fils de sir Augustus Moran, compagnon de l'ordre du Bain[2], ancien représentant britannique en Perse. Études à Eton et à Oxford. A servi dans la campagne contre les Jowaki[3], la campagne d'Afghanistan, à Charasiab (aux dépêches), à Sherpur et à Kaboul. Auteur de *La Chasse au gros gibier dans l'ouest de l'Himalaya* (1881), et de *Trois Mois dans la jungle* (1884).

1. Une des gares londoniennes.
2. Ce titre de chevalier montre une appartenance à un ordre très ancien fondé par la monarchie britannique, qui reste le plus prestigieux de tous.
3. Il y a eu en fait deux campagnes distinctes (1853 et 1877-78) contre les Jowaki, des tribus pachtounes, au nord du Pakistan.

Address: Conduit Street. Clubs: The Anglo-Indian, the Tankerville, the Bagatelle Card Club.

On the margin was written, in Holmes's precise hand:

The second most dangerous man in London.

"This is astonishing," said I, as I handed back the volume. "The man's career is that of an honourable soldier."

"It is true," Holmes answered. "Up to a certain point he did well. He was always a man of iron nerve, and the story is still told in India how he crawled down a drain after a wounded man-eating tiger. There are some trees, Watson, which grow to a certain height, and then suddenly develop some unsightly eccentricity. You will see it often in humans. I have a theory that the individual represents in his development the whole procession of his ancestors, and that such a sudden turn to good or evil stands for some strong influence which came into the line of his pedigree. The person becomes, as it were, the epitome of the history of his own family."

"It is surely rather fanciful."

"Well, I don't insist upon it.

Adresse : Conduit Street. Clubs : l'Anglo-Indien, le Tankerville et le Cercle de Bagatelle.

Dans la marge, on pouvait lire, de l'écriture soignée de Holmes :

Numéro deux du crime à Londres, très dangereux.

« C'est stupéfiant, dis-je en lui rendant le recueil. La carrière de cet homme est celle d'un honorable militaire.

— C'est vrai, répondit Holmes. Jusqu'à un certain moment, il s'est bien comporté. Il a toujours eu des nerfs d'acier, et on raconte encore, dans les Indes, comment il s'est glissé dans une tranchée pour poursuivre un tigre blessé qui dévorait les hommes. Il existe des arbres, Watson, qui poussent jusqu'à une certaine hauteur et puis, tout à coup, leur développement prend un tour bizarre et affreux. Vous pouvez observer le même phénomène chez les humains. J'ai une théorie selon laquelle l'individu représente, dans son développement, toute la lignée de ses ancêtres, et cette brusque orientation vers le bien ou vers le mal correspond à une influence déterminante qui s'est glissée dans son pedigree. La personne devient, en quelque sorte, le résumé de l'histoire de sa famille.

— C'est assez fantaisiste, assurément.

— Eh bien, je n'insisterai pas.

Whatever the cause, Colonel Moran began to go wrong. Without any open scandal, he still made India too hot to hold him. He retired, came to London, and again acquired an evil name. It was at this time that he was sought out by Professor Moriarty, to whom for a time he was chief of the staff. Moriarty supplied him liberally with money, and used him only in one or two very high-class jobs, which no ordinary criminal could have undertaken. You may have some recollection of the death of Mrs. Stewart, of Lauder, in 1887. Not? Well, I am sure Moran was at the bottom of it, but nothing could be proved. So cleverly was the colonel concealed that, even when the Moriarty gang was broken up, we could not incriminate him. You remember at that date, when I called upon you in your rooms, how I put up the shutters for fear of air-guns? No doubt you thought me fanciful. I knew exactly what I was doing, for I knew of the existence of this remarkable gun, and I knew also that one of the best shots in the world would be behind it. When we were in Switzerland he followed us with Moriarty, and it was undoubtedly he who gave me that evil five minutes on the Reichenbach ledge.

Quelle qu'en soit la cause, le colonel Moran a commencé à mal tourner. Sans qu'il y eût de scandale manifeste, la vie aux Indes était devenue impossible pour lui. Il a pris sa retraite, est venu à Londres, où il a de nouveau acquis une mauvaise réputation. C'est à cette époque que le professeur Moriarty a eu recours à ses services : il lui a servi quelque temps de chef d'état-major. Moriarty lui donnait de l'argent généreusement et il a fait appel à lui uniquement dans une ou deux affaires de haute volée, qu'aucun criminel ordinaire n'aurait pu entreprendre. Vous vous souvenez peut-être de la mort de Mrs. Stewart, de Lauder[1], en 1887 ? Non ? Eh bien, je suis sûr que Moran était là-dessous ; mais on n'a rien pu prouver. Le colonel était si habilement camouflé que, même lorsque la bande de Moriarty a été dissoute, nous n'avons pas réussi à l'incriminer. Vous vous rappelez le jour où je suis venu vous voir chez vous et où j'ai fermé les volets par crainte des fusils à air comprimé ? Vous avez dû penser que j'avais de drôles d'idées. Mais je savais exactement ce que je faisais, car je connaissais l'existence de ce fusil remarquable et je savais aussi que, derrière, se tenait l'un des meilleurs tireurs du monde. Quand nous étions en Suisse, il nous a suivis avec Moriarty et, sans aucun doute, c'est lui qui m'a fait vivre ces cinq minutes d'enfer sur la corniche, à Reichenbach.

1. Au sud-est d'Édimbourg.

"You may think that I read the papers with some attention during my sojourn in France, on the look-out for any chance of laying him by the heels. So long as he was free in London, my life would really not have been worth living. Night and day the shadow would have been over me, and sooner or later his chance must have come. What could I do? I could not shoot him at sight, or I should myself be in the dock. There was no use appealing to a magistrate. They cannot interfere on the strength of what would appear to them to be a wild suspicion. So I could do nothing. But I watched the criminal news, knowing that sooner or later I should get him. Then came the death of this Ronald Adair. My chance had come at last. Knowing what I did, was it not certain that Colonel Moran had done it? He had played cards with the lad, he had followed him home from the club, he had shot him through the open window. There was not a doubt of it. The bullets alone are enough to put his head in a noose. I came over at once. I was seen by the sentinel, who would, I knew, direct the colonel's attention to my presence. He could not fail to connect my sudden return with his crime, and to be terribly alarmed. I was sure that he would make an attempt to get me out of the way *at once*, and would bring round his murderous weapon for that purpose.

« Vous vous doutez bien que j'ai lu attentivement les journaux pendant mon séjour en France. Je guettais une occasion de le pincer. Tant qu'il était en liberté à Londres, ma vie ne valait pas la peine d'être vécue. Nuit et jour, j'aurais eu cette ombre au-dessus de moi, et tôt ou tard, il aurait sûrement eu sa chance. Que pouvais-je faire ? Je ne pouvais pas tirer à vue sur lui, sauf à me retrouver dans le box des accusés. Inutile de faire appel à un magistrat. Ils ne peuvent intervenir sur la base de ce qui leur apparaîtrait comme un soupçon insensé. Je ne pouvais donc rien faire. Mais je suivais les nouvelles du monde du crime, en sachant que tôt ou tard, j'allais l'attraper. C'est alors qu'eut lieu la mort de ce Ronald Adair. Je tenais là, enfin, mon occasion ! Avec les informations dont je disposais, n'était-il pas certain que c'était le colonel Moran qui avait fait le coup ? Il avait joué aux cartes avec le jeune homme ; il l'avait suivi chez lui depuis le cercle ; il l'avait tué en tirant par la fenêtre ouverte. Il n'y avait aucun doute possible là-dessus. Les balles seules suffisent à lui passer la corde au cou. Je suis revenu à Londres immédiatement. J'ai été repéré par le guetteur qui, je le savais, allait attirer l'attention du colonel sur ma présence. Celui-ci ne manquerait pas de faire le lien entre mon retour soudain et son crime, ce qui l'inquiéterait au plus haut point. J'étais sûr qu'il essaierait de se débarrasser de moi *sur-le-champ* et que, dans ce but, il prendrait son arme fatale.

I left him an excellent mark in the window, and, having warned the police that they might be needed–by the way, Watson, you spotted their presence in that doorway with unerring accuracy–I took up what seemed to me to be a judicious post for observation, never dreaming that he would choose the same spot for his attack. Now, my dear Watson, does anything remain for me to explain?"

"Yes," said I. "You have not made it clear what was Colonel Moran's motive in murdering the Honourable Ronald Adair?"

"Ah! my dear Watson, there we come into those realms of conjecture, where the most logical mind may be at fault. Each may form his own hypothesis upon the present evidence, and yours is as likely to be correct as mine."

"You have formed one, then?"

"I think that it is not difficult to explain the facts. It came out in evidence that Colonel Moran and young Adair had, between them, won a considerable amount of money. Now, Moran undoubtedly played foul–of that I have long been aware. I believe that on the day of the murder Adair had discovered that Moran was cheating. Very likely he had spoken to him privately, and had threatened to expose him unless he voluntarily resigned his membership of the club, and promised not to play cards again.

Je lui ai ménagé une excellente cible derrière ma fenêtre et j'ai averti la police que l'on pourrait avoir besoin de ses hommes... À propos, Watson, vous avez repéré leur présence sous ce porche avec un flair infaillible... J'ai choisi ce qui me semblait être un poste d'observation judicieux, sans me douter qu'il choisirait le même pour mener son attaque. À présent, mon cher Watson, me reste-t-il quelque chose à vous expliquer ?

— Mais oui ! dis-je. Vous ne m'avez toujours pas dit quel était le mobile du colonel Moran pour tuer l'Honorable Ronald Adair.

— Ah ! mon cher Watson, là nous entrons dans le domaine des conjectures, où l'esprit le plus logique risque de se laisser piéger. Chacun peut se forger une hypothèse d'après les faits connus, et la vôtre a autant de chances d'être la bonne que la mienne.

— Vous avez donc forgé la vôtre ?

— Je pense qu'il n'est pas difficile d'expliquer les faits. Les dépositions ont établi que le colonel Moran et le jeune Adair avaient gagné ensemble une somme d'argent très importante. Or, il est certain que Moran triche aux cartes... Je le sais depuis longtemps. Je crois que, le jour du crime, Adair avait découvert que Moran trichait. Selon toute vraisemblance, il lui avait parlé en tête-à-tête et avait menacé de le dénoncer, s'il ne démissionnait pas du cercle de sa propre initiative, en s'engageant à ne plus jamais jouer aux cartes.

It is unlikely that a youngster like Adair would at once make a hideous scandal by exposing a well known man so much older than himself. Probably he acted as I suggest. The exclusion from his clubs would mean ruin to Moran, who lived by his ill-gotten card-gains. He therefore murdered Adair, who at the time was endeavouring to work out how much money he should himself return, since he could not profit by his partner's foul play. He locked the door lest the ladies should surprise him and insist upon knowing what he was doing with these names and coins. Will it pass?"

"I have no doubt that you have hit upon the truth."

"It will be verified or disproved at the trial. Meanwhile, come what may, Colonel Moran will trouble us no more. The famous air-gun of Von Herder will embellish the Scotland Yard Museum, and once again Mr. Sherlock Holmes is free to devote his life to examining those interesting little problems which the complex life of London so plentifully presents."

Un jeune homme comme Adair n'aurait sans doute pas provoqué un odieux scandale en dénonçant immédiatement un homme connu et bien plus âgé que lui. Il a probablement agi comme je l'ai dit. L'exclusion des cercles de jeu allait sûrement signifier la ruine pour Moran, qui vivait de ses gains frauduleux aux cartes. Voilà pourquoi il a tué Adair au moment où le jeune homme essayait de calculer les sommes qu'il devait personnellement restituer, car il ne pouvait pas tirer profit des tricheries de son partenaire. Il avait fermé la porte, car il craignait d'être surpris par les dames et de les voir insister pour savoir ce qu'il était en train de fabriquer avec ces noms et cet argent. Ça vous va ?

— Je suis convaincu que vous avez découvert la vérité.

— Nous en aurons la preuve ou le démenti au procès. D'ici là, quoi qu'il arrive, le colonel Moran ne va plus nous donner de soucis, le fameux fusil de von Herder va aller embellir le musée de Scotland Yard, et désormais Sherlock Holmes est de nouveau libre de consacrer son existence à l'examen de ces petits problèmes intéressants qu'offre, en telle abondance, la vie complexe de Londres. »

DU MÊME AUTEUR

Dans la collection Folio Bilingue

L'HOMME À LA LÈVRE TORDUE ET AUTRES AVENTURES DE SHERLOCK HOLMES / *THE MAN WITH A TWISTED LIP AND OTHER ADVENTURES OF SHERLOCK HOLMES.* Traduit de l'anglais par Julie Pujos, en collaboration avec Marie-Pierre Coutelle (n° 58)

ÉTOILE D'ARGENT ET AUTRES AVENTURES DE SHERLOCK HOLMES / *SILVER BLAZE AND OTHER ADVENTURES OF SHERLOCK HOLMES.* Traduit de l'anglais, préfacé et annoté par Alain Jumeau (n° 129)

LE DERNIER PROBLÈME ET AUTRES AVENTURES DE SHERLOCK HOLMES / *THE FINAL PROBLEM AND OTHER ADVENTURES OF SHERLOCK HOLMES.* Traduit de l'anglais, préfacé et annoté par Alain Jumeau (n° 195)

Dans la collection Folio 2€

L'INTERPRÈTE GREC ET AUTRES AVENTURES DE SHERLOCK HOLMES (n° 5013)

UNE AFFAIRE D'IDENTITÉ ET AUTRES AVENTURES DE SHERLOCK HOLMES (n° 5015)

UN SCANDALE EN BOHÊME, suivi de SILVER BLAZE (n° 5353)

LA MAISON VIDE, suivi de LE DERNIER PROBLÈME (n° 6180)

DANS LA MÊME COLLECTION

ANGLAIS

ADICHIE *The Arrangements and Other Stories* / Les arrangements et autres histoires

AUSTEN *Lady Susan* / Lady Susan

BARNES *Letters from London (selected letters)* / Lettres de Londres (choix)

BARNES *Levels of Life* / Quand tout est déjà arrivé

BRADBURY *The Illustrated Man and other short stories* / L'Homme Illustré et autres nouvelles

CAPOTE *Breakfast at Tiffany's* / Petit déjeuner chez Tiffany

CAPOTE *Music for Chameleons* / Musique pour caméléons

CAPOTE *One Christmas / The Thanksgiving visitor* / Un Noël / L'invité d'un jour

CARROLL *Alice's Adventures in Wonderland* / Les Aventures d'Alice au pays des merveilles

COE *9th and 13th* / 9e et 13e (Désaccords imparfaits)

COLLECTIF (E. Wharton, H. P. Lovecraft, F. Brown) *Bloody Tales* / Histoires sanglantes

COLLECTIF (Amis, Swift, McEwan) *Contemporary English Stories* / Nouvelles anglaises contemporaines

COLLECTIF (Fitzgerald, Miller, Charyn) *New York Stories* / Nouvelles new-yorkaises

CONAN DOYLE *Silver Blaze and other adventures of Sherlock Holmes* / Étoile d'argent et autres aventures de Sherlock Holmes

CONAN DOYLE *The Final Problem and other adventures of Sherlock Holmes* / Le dernier problème et autres aventures de Sherlock Holmes

CONAN DOYLE *The Man with the Twisted Lip and other adventures of Sherlock Holmes* / L'homme à la lèvre tordue et autres aventures de Sherlock Holmes

CONRAD *Gaspar Ruiz* / Gaspar Ruiz

CONRAD *Heart of Darkness* / Au cœur des ténèbres

CONRAD *The Duel* / Le duel

CONRAD *The Secret Sharer* / Le Compagnon secret

CONRAD *Typhoon* / Typhon

CONRAD *Youth* / Jeunesse

DAHL *My Lady Love, my Dove* / Ma blanche colombe

DAHL *Road's Revolting Recipes* / Les irrésistibles recettes de Roald Dahl

DAHL *The Great Switcheroo* / *The Last Act* / La grande entourloupe / Le dernier acte

DAHL *The Princess and the Poacher* / *Princess Mammalia* / La Princesse et le braconnier / La Princesse Mammalia

DAHL *The Umbrella Man and other stories* / L'homme au parapluie et autres nouvelles

DICK *Minority Report* / Rapport minoritaire

DICKENS *A Christmas Carol* / Un chant de Noël

DICKENS *The Cricket on the Hearth* / Le grillon du foyer

FAULKNER *A Rose for Emily* / *That Evening Sun* / *Dry September* / Une rose pour Emily / Soleil couchant / Septembre ardent

FAULKNER *The Wishing Tree* / L'Arbre aux Souhaits

FITZGERALD *Tales of the Jazz Age (selected stories)* / Les enfants du jazz (choix)

FITZGERALD *The Crack-Up and other stories* / La fêlure et autres nouvelles

FITZGERALD *The Rich Boy and other stories* / Le garçon riche et autres histoires

FORSYTH *The Shepherd* / Le berger

HAMMETT *The Gutting of Couffignal* / *Crooked Souls* / Le sac de Couffignal / Âmes malhonnêtes

HARDY *Two Stories from Wessex Tales* / Deux contes du Wessex

HAWTHORNE *Tales from New England* / Contes de la Nouvelle-Angleterre

HEMINGWAY *Fifty Grand and other short stories* / Cinquante mille dollars et autres nouvelles

HEMINGWAY *The Northern Woods* / Les forêts du Nord

HEMINGWAY *The Old Man and the Sea* / Le vieil homme et la mer

HEMINGWAY *The Snows of Kilimanjaro and other short stories* / Les neiges du Kilimandjaro et autres nouvelles

HIGGINS *Harold and Maude* / Harold et Maude

IRVING *The Legend of Sleepy Hollow* / *Rip Van Winkle* / La Légende de Sleepy Hollow / Rip Van Winkle

JAMES *Daisy Miller* / Daisy Miller

JAMES *The Birthplace* / La Maison natale

JAMES *The Last of the Valerii* / Le dernier des Valerii

JOYCE *A Painful Case* / *The Dead* / Un cas douloureux / Les morts

KEROUAC Lonesome Traveler (selected stories) / Le vagabond solitaire (choix)

KEROUAC *Satori in Paris* / Satori à Paris

KIPLING *Just so Stories* / Histoires comme ça

KIPLING *Stalky and Co.* / Stalky et Cie

KIPLING *Wee Willie Winkie* / Wee Willie Winkie

LAWRENCE *Daughters of the Vicar* / Les filles du pasteur

LAWRENCE *The Virgin and the Gipsy* / La vierge et le gitan

LONDON *The Call of the Wild* / L'appel de la forêt

LONDON *The Son of the Wolf and other tales of the Far North* / Le Fils du Loup et autres nouvelles du Grand Nord

LOVECRAFT *The Dunwich Horror* / L'horreur de Dunwich

MANSFIELD *The Garden Party and other stories* / La garden-party et autres nouvelles

MELVILLE *Benito Cereno* / Benito Cereno

MELVILLE *Bartleby the Scrivener* / Bartleby le scribe

O'CONNOR *A Good Man is hard to find and other Short Stories* / Les braves gens ne courent pas les rues et autres nouvelles

ORWELL *Animal Farm* / La ferme des animaux

POE *Mystification and other tales* / Mystification et autres contes

POE *The Assignation and Other Tales* / Le rendez-vous et autres contes

POE *The Murders in the Rue Morgue and other tales* / Double assassinat dans la rue Morgue et autres histoires

RENDELL *The Strawberry Tree* / L'Arbousier

ROTH *Goodbye, Columbus* / Goodbye, Columbus

SHAKESPEARE *Famous scenes* / Scènes célèbres

STEINBECK, *Of Mice and Men* / Des souris et des hommes

STEINBECK *The Pearl* / La perle

STEINBECK *The Red Pony* / Le poney rouge

STEVENSON *Ollala* / Ollala

STEVENSON *The Rajah's Diamond* / Le diamant du rajah

STEVENSON *The Strange Case of Dr Jekyll and Mr Hyde* / L'étrange cas du Dr Jekyll et M. Hyde

STYRON *Darkness Visible / A Memoir of Madness* / Face aux ténèbres / Chronique d'une folie

TWAIN *Is he living or is he dead ? and other short stories* / Est-il vivant ou est-il mort ? et autres nouvelles

WELLS *The Country of the Blind and other tales of anticipation* / Le Pays des Aveugles et autres récits d'anticipation

WELLS *The Time Machine* / La Machine à explorer le temps

WILDE *A House of Pomegranates* / Une maison de grenades

WILDE *Lord Arthur Savile's crime* / Le crime de Lord Arthur Savile

WILDE *The Canterville Ghost and other short fictions* / Le Fantôme des Canterville et autres contes

WILDE *The Portrait of Mr. W. H.* / Le portrait de Mr. W. H.

WOOLF *Monday or Tuesday* / Lundi ou mardi

ALLEMAND

ANONYME *Wunderbare Reisen des Freiherrn von Münchhausen* / Les merveilleux voyages du baron de Münchhausen

BERNHARD *Der Stimmenimitator (Auswahl)* / L'imitateur (choix)

BÖLL *Der Zug war pünktlich* / Le train était à l'heure

CHAMISSO *Peter Schlemihls wundersame Geschichte* / L'étrange histoire de Peter Schlemihl

EICHENDORFF *Aus dem Leben eines Taugenichts* / Scènes de la vie d'un propre à rien

FREUD *Das Unheimliche und andere Texte* / L'inquiétante étrangeté et autres textes

FREUD *Die Frage der Laienanalyse* / La question de l'analyse profane

FREUD *Eine Kindheitserinnerung des Leonardo da Vinci* / Un souvenir d'enfance de Léonard de Vinci

FREUD *Selbstdarstellung* / Sigmund Freud présenté par lui-même

GOETHE *Die Leiden des jungen Werther* / Les souffrances du jeune Werther

GOETHE *Faust* / Faust

GRIMM *Das blaue Licht und andere Märchen* / La lumière bleue et autres contes

HANDKE *Die Lehre der Sainte-Victoire* / La leçon de la Sainte-Victoire

HANDKE *Kindergeschichte* / Histoire d'enfant

HANDKE *Lucie im Wald mit den Dingsdda* / Lucie dans la forêt avec les trucs-machins

HOFFMANN *Der Sandmann* / Le marchand de sable

HOFFMANN *Nussknacker und Mausekönig* / Casse-Noisette et le Roi des Rats

HOFMANNSTHAL *Andreas* / Andréas

KAFKA *Beschreibung eines Kampfes / Forschungen eines Hundes* / Description d'un combat / Les recherches d'un chien

KAFKA *Brief an den Vater* / Lettre au père

KAFKA *Der Bau* / Le Terrier

KAFKA *Die Verwandlung* / La métamorphose

KAFKA *Ein Landarzt und andere Erzählungen* / Un médecin de campagne et autres récits

KLEIST *Die Marquise von O... / Der Zweikampf* / La marquise d'O... / Le duel

KLEIST *Die Verlobung in St. Domingo / Der Findling* / Fiançailles à Saint-Domingue / L'enfant trouvé

MANN *Tonio Kröger* / Tonio Kröger

MÖRIKE *Mozart auf der Reise nach Prag* / Un voyage de Mozart à Prague

NIETZSCHE *Ecce homo* / Ecce homo

RILKE *Geschichten vom lieben Gott* / Histoires du Bon Dieu

RILKE *Zwei Prager Geschichten* / Deux histoires pragoises

SCHLINK *Der Andere* / L'autre

TIECK *Der Pokal und andere Märchen* / La coupe d'or et autres contes

VON SCHIRACH *Glück und andere Kurzgeschichten* / Quelle chance ! et autres nouvelles

WALSER *Der Spaziergang* / La promenade

ZWEIG, *Brief einer unbekannten* / Lettre d'une inconnue

ZWEIG *Der Amokläufer* / Amok

ZWEIG *Schachnovelle* / Le joueur d'échecs

ZWEIG *Vierundzwanzig Stunden aus dem Leben einer Frau* / Vingt-quatre heures de la vie d'une femme

RUSSE

BABEL *Одесскне рассказы* / Contes d'Odessa

BOULGAKOV *Записки юного врача* / Carnets d'un jeune médecin

BOULGAKOV *Роковые яица* / Les Œufs du Destin

BOULGAKOV, *МорФий* / Morphine

DOSTOÏEVSKI *Записки из подполья* / Carnets du sous-sol

DOSTOÏEVSKI *Кроткая / Сон смешного человека* / Douce / Le songe d'un homme ridicule

DOSTOÏEVSKI *Маленький герой* / Un petit héros

GOGOL *Записки сумасшедшего / Нос / Шинель* / Le journal d'un fou / Le nez / Le manteau

GOGOL *Портрет* / Le portrait

GORKI *Мой спутник* / Mon compagnon

KAZAKOV *На полстанке и другие рассказы* / La petite gare et autres récits

LERMONTOV *Герой нашего времени* / Un héros de notre temps

OULITSKAÏA *Сонечка* / Sonietchka

POUCHKINE *Арап Петра Великого* / Le nègre de Pierre le Grand

POUCHKINE *Дубровского* / Doubrovski

POUCHKINE *Пиковая дама* / La Dame de pique

TCHEKHOV ! *Дама с собачкой / Архиерей / Невеста* / La dame au petit chien / L'évêque / La fiancée

TCHEKHOV *Палата N° 6* / Salle 6

TOLSTOÏ *Дьявол* / Le Diable

TOLSTOÏ *Крейцерова соната* / La sonate à Kreutzer

TOLSTOÏ *Сетейное счастье* / Le bonheur conjugal

TOLSTOÏ *Смерть Ивана Ильича* / La Mort d'Ivan Ilitch

TOURGUENIEV *Ася* / Assia

TOURGUENIEV *Первая любовь* / Premier amour

TOURGUENIEV *Часы* / La montre

TYNIANOV *Подпоручик Киже* / Le lieutenant Kijé

ITALIEN

BARICCO *Novecento. Un monologo* / Novecento : pianiste. Un monologue

BARICCO *Seta* / Soie

BASSANI *Gli occhiali d'oro* / Les lunettes d'or

BOCCACE *Decameron, nove novelle d'amore* / Décameron, neuf nouvelles d'amour

CALVINO *Fiabe italiane* / Contes italiens

COLLECTIF (Verga, Pirandello, Consolo) *Novelle siciliane* / Nouvelles siciliennes

COLLODI *Pipì o lo scimmiottino color di rosa* / Pipì ou le petit singe couleur de rose

D'ANNUNZIO *Il Traghettatore ed altre novelle della Pescara* / Le passeur et autres nouvelles de la Pescara

DANTE *Divina Commedia* / La Divine Comédie (extraits)

DANTE *Vita Nuova* / Vie nouvelle

DE LUCA *Il peso della farfalla* / Le poids du papillon

DE LUCA *Non ora, non quí* / Pas ici, pas maintenant

DE LUCA *Tre cavalli* / Trois chevaux

GOLDONI *La Bottega del caffè* / Le Café

GOLDONI *La Locandiera* / La Locandiera

MACHIAVEL *Il Principe* / Le Prince

MALAPARTE *Il Sole è cieco* / Le Soleil est aveugle

MORANTE *Lo scialle andaluso ed altre novelle* / Le châle andalou et autres nouvelles

MORAVIA *L'amore conjugale* / L'amour conjugal

PASOLINI *Racconti romani* / Nouvelles romaines

PAVESE *La bella estate* / Le bel été

PAVESE *La spiaggia* / La plage

PAVESE *L'idolo e altri racconti* / L'idole et autres récits

PIRANDELLO *Novelle per un anno I (scelta)* / Nouvelles pour une année I (choix)

PIRANDELLO *Novelle per un anno II (scelta)* / Nouvelles pour une année II (choix)

PIRANDELLO *Sei personaggi in cerca d'autore* / Six personnages en quête d'auteur

PIRANDELLO *Vestire gli ignudi* / Vêtir ceux qui sont nus

SCIASCIA *Il contesto* / Le contexte

SVEVO *Corto viaggio sentimentale* / Court voyage sentimental

TABUCCHI *Cinema e altre novelle* / Cinéma et autres nouvelles

VASARI/CELLINI *Vite di artisti* / Vies d'artistes

VERGA *Cavalleria rusticana ed altre novelle* / Cavalleria rusticana et autres nouvelles

ESPAGNOL

ASTURIAS *Leyendas de Guatemala* / Légendes du Guatemala

BORGES *El Aleph y otros cuentos* / L'Aleph et autres contes

BORGES *El libro de arena* / Le livre de sable

BORGES *Ficciones* / Fictions

CALDERÓN DE LA BARCA *La vida es sueño* / La vie est un songe

CARPENTIER *Concierto barroco* / Concert baroque

CARPENTIER *El acoso* / Chasse à l'homme

CARPENTIER *Guerra del tiempo* / Guerre du temps

CERVANTES *El amante liberal* / L'amant généreux

CERVANTES *El celoso extremeño* / *Las dos doncellas* / Le Jaloux d'Estrémadure / Les Deux Jeunes Filles

CERVANTES *Novelas ejemplares (selección)* / Nouvelles exemplaires (choix)

COLLECTIF (Fuentes, Pitol, Rossi) *Escritores mexicanos* / Écrivains mexicains

COLLECTIF (Marsé, Zarraluki, España) *Historias de Barcelona* / Histoires de Barcelone

CORTÁZAR *Historias inéditas de Gabriel Medrano* / Histoires de Gabriel Medrano

CORTÁZAR *Las armas secretas* / Les armes secrètes

CORTÁZAR *Queremos tanto a Glenda (selección)* / Nous l'aimions tant, Glenda (choix)

FUENTES *Las dos orillas* / Les deux rives

FUENTES *Los huos del conquistador* / Les fils du conquistador

GARCÍA LORCA *Bodas de sangra* / Noces de sang

GARCÍA LORCA *Mi pueblo y otros escritos* / Mon village et autres textes

GARCÍA LORCA *Yerma* / Yerma

NERUDA *Confieso que he vivido. Juventud* / J'avoue que j'ai vécu. Jeunesse

RIVAS *La lengua de las mariposas y otras novelas (selección)* / La langue des papillons et autres nouvelles (choix)

RULFO *El Llano en llamas (selección)* / Le Llano en flammes (choix)

TIRSO DE MOLINA *El Burlador de Sevilla y convidado de piedra* / Le Trompeur de Séville et l'Invité de pierre

UNAMUNO *Cuentos (selección)* / Contes (choix)

VALLE-INCLÁN *Un día de guerra (Visión estelar)* / Un jour de guerre vu des étoiles

VARGAS LLOSA *Los cachorros* / Les chiots

VARGAS LLOSA *Los jefes* / Les caïds

PORTUGAIS

EÇA DE QUEIROZ *Singularidades de uma rapariga loira* / Une singulière jeune fille blonde
MACHADO DE ASSIS *O alienista* / L'aliéniste

JAPONAIS

RYÔKAN 梅の花 *(Ume no hana)* / Ô pruniers en fleur

CHINOIS

ANONYMES 詩經 *(Shijing)* / Le Classique des Poèmes

Tous les papiers utilisés pour les ouvrages des collections Folio sont certifiés et proviennent de forêts gérées durablement.

Composition CMB/PCA
Impression Maury Imprimeur
45330 Malesherbes
le 26 août 2022
Dépôt légal : août 2022
1er dépôt légal dans la collection : avril 2015
Numéro d'imprimeur : 264976

ISBN 978-2-07-046197-4 / Imprimé en France.

549087